孤児達の母親役
キャメロン
可能性の卵
ロイ
マイペースな酒場の娘
ルカ

世界で唯一の【神剣使い】なのに戦力外と呼ばれた俺、覚醒した【神剣】と最強になる2

大田　明

ぶんか社

CONTENTS

プロローグ……………………………………………… 003

第一章……………………………………………………… 005

第二章……………………………………………………… 079

第三章……………………………………………………… 146

第四章……………………………………………………… 226

エピローグ……………………………………………… 244

プロローグ

それは、ゴルゴにガイゼル商店を奪われ、家を追い出された時のことだった。

「悪く思うなよ。お前より俺の方が一枚上手《うわて》だった。それだけのことだ」

ゴルゴ・ルノマンド。

金髪をオールバックにし、青い瞳に浅黒《あさぐろ》い肌。鍛えた体に上品な服。それに反して下品な金色の指輪を両親指以外の八指にはめている、背の高い四十代半ばの男だ。

ゴルゴは俺の顔を見て、ニタリと片頬を歪《ゆが》ませる。

俺は内心怒りの炎を燃やしていたが、それを悟られないように平静を装っていた。

「…………」

笑顔は崩さず、心の中でゴルゴを睨み付けた。

「この世はなんでも奪ったもん勝ちなんだよ。利害を一致させるのも、最終的に自分が得することだけを考えればいい。お前の親父は互いに得をすることを考えろなんて言っていたが、そんなのは間違っている。全部自分の得だけを考える。それが生き残るため、組織を大きくするための強者の知恵だ」

「それは違う。人と人の繋がり、互いを想い合う心こそが大事なんだ。人間の輪を大きくすることこそが、物事全てを円滑《えんかつ》にし、あらゆるものを幸福へと導くんだよ」

「はっ！　言ってろ。どちらにしても、お前の負けだ。消えろ」

「…………」

俺は踵《きびす》を返し、拳を握り締めながらその場を去った。

第一章

「ジオ。そっちに行ったぞ」

「了解っす！」

太陽が肌を刺すような暑さを放つ砂漠地帯。砂地に足を取られながらもジオが走り回る。

俺、アルベルト・ガイゼルの仲間であり、子分を自称する少年ジオ。

彼は緑色の髪で左目を覆っており、あまり人相《にんそう》がよいとは言い難《がた》い。

毛皮の服を着て、短剣を腰部分に下げて、なんとも勝気《かちき》な表情をしている。

俺のことをアニキと慕《した》ってくれているのは嬉しいのだが、親分子分という関係はいつまで経ってもしっくりこない。

その上、彼が率いる元チンピラ集団までもが【アルベルトファミリー】を名乗り、俺のことを親分と呼ぶのだから困ったものである。

まぁいつか慣れるのかもしれないが……できたら勘弁していただきたい。

今もジオはアルベルトファミリーと共に砂漠を駆けまわり、モンスターの対処をしていた。

相手しているモンスターはサンドウォーム。人間を軽々《かるがる》と呑み込むほどの大きさを誇る、ミミズと蛇《へび》を掛け合わせたようなAクラスモンスターだ。

地中を移動し、なかなか地表に顔を出さない厄介な相手である。奴が地中を走ると大地がボコボコと盛り上がり、どこにいるのかは分かるのだが……如何《いかん》せん、動きが速すぎる。

俺とジオたちは奴の動きを止めて追い詰めようと、挟み撃ちの形に位置していた。

俺から離れ、ジオの方へと向かっているサンドウォーム。

するとズサーッと大量の砂埃《すなぼこり》を巻き上げながら、サンドウォームは顔を出した。

奴に眼はないが、開かれた大きな口の中には鋭利な歯がグルリと全方向から生えており、汗が止まらないほど暑い場所だというのに、見るだけでゾッと背筋が凍る。

「こ、これ、どう対処すりゃいいんすか、アニキ⁉」

「また地中に戻らないように引き付けておいてくれ！」

靴を履いていてもその熱さが分かる足場を駆けていき、俺はジオたちが引き付けているサンドウォームの背後から飛び掛かり、【神剣《しんけん》】に命令を出す。

「ティア。奴の弱点は水だ。俺の攻撃と同時に、【水術《すいじゅつ》】で援護を頼む」

『かしこまりました』

俺の持つ【神剣ブルーティア】。

中央が白く両端が蒼《あお》い刀身。鍔《つば》の部分には蒼い宝石がはめられている。

刃の長さが1メートルほどのロングソードで、こうして会話もできる、【神剣使い】である俺だけが扱える剣。普通の武器と違い成長してスキルを習得し、しかも形状までも変化してしまうという、驚嘆《きょうたん》すべき剣なのだ。

俺がブルーティアを振り下ろすと、サンドウォームはこちらに振り向き、大きな口を開けて俺を呑み込もうとする。

「アニキ！　危ねえっす！」

「いや、好都合だ」

「えっ!?」

サンドウォームの口に剣先を向けると、ブルーティアがひとりでに魔術を発動させる。

『【アクアランス】』

ブルーティアから輝く槍状の水圧が放出され、サンドウォームの全ての歯を穿《うが》ち、口内へと侵入していく。

水の勢いは止まることなく、サンドウォームの体内へと注《そそ》ぎ続けられ――その肉体が膨張を開始する。

そして水圧に耐え切れなくなったサンドウォームの体は、ボンッ！　と風船のように破裂してしまう。

天高く飛び散っていく水は、雨のように周囲に降り、綺麗な虹が生まれる。

「相変わらずアニキはすげーっす！　カッコいいっす！　それに虹、綺麗っす！」

「虹は偶然だけど、確かに綺麗だな」

ブルーティアの鍔の部分で肩をトントン叩きながら、俺の実力に驚くジオたちに笑顔を向ける。

するとブルーティアはヒューマンモード――まさしく人間そのものの姿に変形し、俺の横に並び立つ。

「お疲れ様でした、ご主人様」

「ああ。ティアもお疲れ様」

ティア――腰まで伸びた海のような蒼い髪に蒼い瞳。眼鏡をかけており、腰には刀を帯《お》びていて、愛らしい猫耳と尻尾《しっぽ》が生えている。首元には蒼い宝石が付いたチョーカーを着けていて、服装はよく似合うメイド服を着ている。

大きな胸は北半球が大胆に露出しており、男子ならば誰もが視線を奪われる凶悪なものだ。

だがその胸よりも人の視線を釘付けにしてしまうのは、ずば抜けた美貌《びぼう》。もちろん町の人々からの人気もあり、何度も男から誘われてはいるようだが、その全てをお断りしているようだ。

彼女は「私にはご主人様がいますので」と言っていたが、いや、本当によくできた、まさにメイドの鑑《かがみ》のような【神剣】だ。

美人で従順で有能な【神剣】。俺のためだけに存在する、俺の最高のパートナーの一人である。

「では、町の方に戻るとするか」

俺たちはサンドウォームを倒したことを報告するため、【空間移動《ワープゲート》】を発動し、サザートルの町との空間を繋げる。

「倒してきたよ」

「おお！　まさかこんな短期間で……【神剣使い】、噂通りの実力者のようだな！」

「まさかあのサンドウォームを……」

砂漠地帯のど真ん中にあるサザートル。

土を用《もち》いて建てられた建物ばかりで、常に砂が舞っている大きな町。

物的な豊かさは少なそうなものの、あまり気にしていないのか満足げな笑みを浮かべている人が多い。白髪《しらが》頭の町長に仕事の依頼の報告を済ませ、自分たちの町、ローランドに帰還しようと町の外まで移動した。

「しかし暑いっすね……早く帰りたい」

「まったくだ。俺もこう暑いのは得意ではないな」

俺もジオもアルベルトファミリーの面々《めんめん》も汗をかき、体力をじわじわと削られていた。

これ以上ここにいたら干からびそうだ。俺は汗を拭い、ティアの方に目を向ける。こんなに暑いのにもかかわらず、彼女は汗一つかいておらず、涼しい顔をしていた。

「ティアは暑くないのか？」

「はい。完璧メイドなので暑さ程度、どうということはありません」

「……意味は分からないが、凄いな」

「恐縮であります」

ほんのり嬉しいのか、猫耳をピョコピョコ動かすティア。

そんな彼女の反応が可愛《かわい》く思え、俺は優しくティアの頭を撫でる。

「にゃは……、っ！　ご主人様！」

「え？」

気持ちよさそうな顔をしていたティアではあったが、突如人が変わったかのように腰の刀に手を掛けて、俺の前に出る。

キンッ！　とティアの振るった刀と何かがぶつかり合い、目の前で火花が散った。

突然、ターバンを巻いた男が現れ、短剣を持って俺を狙ってきたようだ。

反応が遅れた。が、俺は来訪者に向かって【火術《ひじゅつ》】を放つ。

「【ファイヤーボール】」

炎の弾丸が男に迫る。

しかし男はティアの刀を弾き、バク転をしながら後方へと距離を取り炎を回避してしまう。

「なんだてめぇは！」

「親分に何しやがるんだ！」

「死にてぇのか⁉」

ガラの悪いアルベルトファミリーの皆が武器を抜き、ターバンの男と対峙する。

しかしこいつ……以前ローランドを襲ってきた連中に雰囲気が似ている。

頭にターバンを巻き、奴らと同じくピタリとした黒い服にマスクをしており顔は見えないが……

その奥に覗くのは人殺しの目だ。

多分だが、こいつはあの連中の仲間であろう。緊張感が走る中、ジオが怒りを露《あら》わに素早い動きで駆け出した。ジオもあいつらと雰囲気が似ていることに気づいたようで、短剣を逆手《さかて》に持ち叫ぶ。

「てめぇ、あの時の仲間か⁉」

「待て、ジオ！」

ジオに続き、アルベルトファミリーも走り出す。

ターバンの男はゆらっと動いたかと思うと——無駄のない動きでジオの腹部を裂き、次々とアルベルトファミリーの仲間たちを切りつけていく。

「こいつ、強いぞ」

ティアは瞬時にソードモードへと変形し、戦闘態勢へと移行する。

冷酷な瞳で迫るターバンの男。俺は近づいてくる男の首を狙い、ブルーティアを振り下ろす。

「!!」

奴はこちらの攻撃を避け、俺の太腿《ふともも》付近に狙いを定めて短剣を突き出してくる。

だがブルーティアから放出される炎の弾丸に阻止され、瞬時に離れた。

「………」

炎は奴の左腕にかすり、少しばかり火傷《やけど》を負ったようだ。

男はそのまま踵を返し、この場から離れていく。

俺は短く息を吐き、倒れているジオたちに近寄った。

「大丈夫か?」

「だ、大丈夫……って言いたいとこっすけど、痛いっす」

「だろうな。ちょっと待ってろ。すぐにカトレアを呼んでやるから」

ヒューマンモードに戻ったティアは、澄んだ声で聞いてきた。

「奴の目的はなんだったのでしょうか?」

「……俺の命、かな?」

「そう考えるのが妥当《だとう》でございますね」

俺の命を奪いにきた……きっと、誰かに命令されてのことであろう。

【通信《テレパシー》】でカトレアにジオたちの治療を頼み、命令したであろう人物のことを頭の中で思い描いていた。

◇◇◇◇◇◇◇

「…………」

ターバンの男に襲われた翌日の朝、俺はとても柔らかい感触に目を覚ます。

「……おい」

カトレアが俺のベッドに忍び込んでいたらしく、彼女は俺に抱きつきながら寝息を立てていた。

カトレア――波打つ白い髪は長く美しく、首元には白色の宝石が付いたチョーカー、異世界の『アイドル』と呼ばれる職業の服装を身に纏《まと》っている美少女だ。

スタイルも良く、出るところは出ていて引っ込むところは引っ込んでいる。

狐の耳と尻尾が生えており、瞳の色は宝石のように青い。

カトレア好きの同志が集まる、ファンクラブなるものができるほどに人気があるこの子は、ティアと同じく俺の【神剣】の一人である。

現在は同じ部屋に三人の分のベッドも用意していて、【神剣】の彼女たちはそれぞれの寝床《ねどこ》についている。それなのにカトレアはすぐに俺のベッドに忍び込んでくるのだ。

脅しではないけれど、「襲ってしまうぞ」なんて言っても、こいつは喜びそうだし、どうすればいいかな。困ったものだ。

彼女の柔らかい感触が腕に当たり、俺はドキッとしながらカトレアを引き離そうと力をこめる。

しかし、ギュッと抱き締める力を強め、カトレアは抵抗を見せた。

こいつ、絶対起きてるだろ。

「アル。今日はレイナークに……って！　何やってんだ⁉」

そこで俺の幼馴染《おさななじみ》であるエミリアが扉を開いて部屋に入ってきた。そしてカトレアが俺に抱きついて眠っている（ふりしている）のを見て顔を真っ赤にして怒鳴《どな》り出す。

また面倒なタイミングで……。

「こらカトレア！　何やってんだ、お前！」

エミリア・スタウト――胸元まで伸びた眩《まばゆ》い黄金《こがね》色の頭髪に、紅いカチューシャを付けている。強気な瞳に可愛い桃色の唇。紅い服に紅いスカート、腰にはレイピア。

背も低く子供体型で、完全に子供にしか見えないが、これでも十八歳の女の子。

容姿は皆が口を揃えて可愛いと言うが、その性格に畏怖《いふ》の念を抱いている者も少なからずいる。というか多い。

そんなエミリアはずかずかと俺たちに詰め寄り、ひょいっとカトレアの首を掴んで持ち上げる。

カトレアはがっしり俺を掴んでいたはずなのだが、簡単に引き剥がされたことに驚愕していた。

「あ……あはは。だってアル様とは心の距離だけじゃなくて体の距離も縮めたいんだもん☆」

持ち上げられたまま、横向きのピースを自身の目の辺りで作るカトレア。

エミリアはギロリとカトレアを睨んで言う。

「あの世とこの世ぐらいの距離なら簡単に引き離せるんだぞ？」

「こ、怖いよ、エミリアちゃん……」

えへへっ。と青い顔で笑うカトレア。

「それよりアル。レイナークに行くんだろ？」

「ああ。だけど昼からだぞ。【空間移動】があるから到着は一瞬だ」

「ああ、そっか。あれが使えたな」

エミリアは【空間移動】のことを完璧に忘れていたようだ。

カトレアをベッドに降ろし、鼻先をポリポリと掻く。

「時間はまだあるんだな……だったらちょっと散歩しないか？」

「いいよ。迷子になったら大変だから、俺が付いていってやろう」

「なるかよっ」

エミリアはバツが悪そうにちょっぴり赤い顔をぷいっと逸らした。

◇◇◇◇◇◇◇

ローランド——俺が今住んでいる町の名前だ。

この間まで町の住人は堕落《だらく》しきり、働くこともせずただ死ぬのを待つような生き方をしている者ばかりで、評判は当然のように悪かった。しかし俺が町を指導することになってから町は立ち直り、大半の人は堕落することなく、希望を胸に毎日を生き続けている。

町の改修も常に進んでおり、今日も朝から大工《だいく》が新たな建物《たてもの》を建設していた。

俺は町の中央に設置された塔に住んでいる。

そこは冒険者に仕事を斡旋《あっせん》するギルドと、町の皆が利用できる会議室があり、その最上階に俺の住む部屋があるというわけだ。

そんな住処《すみか》を出ると、ジオを筆頭としていたアルベルトファミリーが綺麗な姿勢で待機していた。

まるで訓練を受けた従順な兵隊のようだ。

「「親分！　姐《あね》さん！　おはようございます！」」

「ああ。おはよう」

ジオたちが俺とエミリアに頭を下げ、大きな声で挨拶をする。アルベルトファミリーはいつの間にかエミリアが仕切ることになっていて、それに素直に従う男たち。

「今日は町のゴミ拾いでもしてこい。お前ら、前まではえらい迷惑かけてたらしいからな。少しぐらいはみんなも見直してくれるだろ」

「ですけど、最近は俺らも強くなったんで、認めてくれてま――」

ギロッ！　と音が聞こえてくるような睨みを利《き》かすエミリア。

ジオはガタガタ震え、これ以上ないぐらいピーンと背筋を正す。俺はエミリアの代わりに言う。

「失った信頼というものを取り戻すのは時間がかかるものだ。お前らは散々迷惑をかけてきたからな。一部評判は良くなったものの、いまだに不信感を抱いている人も多い」

「そ、そうなんすか……」

「ああ。お前たちはマイナススタートなんだ。普通の人の倍以上、意識的に善行を積むぐらいの気持ちじゃないと、いつまで経っても評判は悪いままだぞ」

「………」

自分たちの今までの行いを悔いているのか、ジオたちは俯《うつむ》いて何も言えなくなっていた。

「……俺ら、最悪だったんすね……」

「それが分かったというだけでも前進したということさ。そしてそれが分かったら、悔い改めればいい」

「……うっす」

「大丈夫さ。いつかジオたちも変わったと皆も分かってくれるよ。そしてジオたちならできると、俺は信じている」

「アニキ……」

「親分……」

ジオたちはジーンと感動した面持《おもも》ちで、俺を見つめてきた。

「分かったらさっさと行ってこい！　町の隅々《すみずみ》まで綺麗にしろよ！」

「「うっす！」」

ジオたちはエミリアの声に従い、町の清掃を開始した。

エミリアはそんな彼らの姿を見て、一つため息をつく。

「しかし、よくあんな連中を改心させられたもんだな。どんな魔法を使ったんだよ？」

「別に？　人として当たり前のことを教えただけさ。あいつらに必要だったものは、人として正しい生き方を知ることだったんだよ」

「元のあいつらはよく分かんないけど……それぐらいで変わるもんか？」

「変わるものさ。ちゃんと相手を信じて、真摯《しんし》に向き合えばな」

エミリアは「そんなもんか」と少し納得して歩き出した。

俺たちは天気のいい朝の町を、皆の笑顔を見ながら散歩する。

大きく伸びをして、大きくあくびして。やっぱり俺には、こういう時間も必要だな。

心を陽の気で満たし、穏やかな状態でのんびり散歩する。

なんてことのない行為ではあるが、これで心の状態が良くなるんだから、言うことないよな。

「うーん。なんだかアルと散歩してたら、子供の頃のことを思い出すな」

「ああ……子供の頃はエミリアの想い出しかないぐらいだ。エミリア、色々派手なことをしていたよな」

「そ、そんなことないだろ」

「そんなことあるよ」

俺は目を瞑《つむ》り、エミリアとのことを思い返す。

エミリアは家の近所に住んでいて、彼女の両親は飲食店を経営していた。

彼女の父親はエミリアと同じ金色の髪を短く切りそろえた筋骨隆々の男性で、母親は赤毛で頭の上にお団子を作った、しっかりした人だった。

エミリアと出会ったのはまだ物心がつく前、親父がエミリアの親の店に食材を卸《おろ》していたのがきっかけで……。


エミリアとの一番古い記憶は、体の大きな大人が必死で運ぶ食材を、小さな体で軽々と持ち上げている場面。まだ四歳ぐらいの頃の話であろうか。

俺の親もエミリアの親も、店に来ていた客でさえも驚きに驚いていた。

エミリアは何を驚いているのだろうかとキョトンとしており、俺は周囲の大人たち以上に仰天していたのを覚えている。

エミリアのこの力の正体は、他の誰もが持ち得ないスキル――【神力《じんりき》】と呼ばれるものだ。

まさに神の力としか形容できないほどの怪力を発揮する凄まじいスキル。

子供の頃は本人もこのことで悩んでいたようだが、とにかくこの時点ですでに並の大人よりも大きな力を有していた。

さらにエミリアは間違ったことを許せない正義感が強い女の子であった。

相手が間違っていると思ったら同年代の男の子は勿論のこと、大の大人に対してもズケズケ物を言うのだ。

一番問題になったのはクロウという男とのやりとり。このクロウというのは黒髪モヒカン頭に眼《がん》帯《たい》を着けた悪人面をした男で、通りかかる人々を威圧する困った人物であった。

ある日、エミリアの両親の店に食事に来ていたクロウは、料理に髪の毛が入っていたと難癖《なんくせ》をつけて、食事代を踏み倒そうとしていたのだが……。

中に入っているのはその場ではクロウ以外にあり得ない黒髪であった。

「おいあんた。これはあんたの髪だろ。私は入れるのも見てたぞ」

「な、何言ってんだ、このクソガキ！」

エミリアと俺はクロウが料理に髪を入れているのを見ていたのだ。

当然の如く、エミリアはクロウの元まで走っていき、相手の間違いを指摘した。

クロウは顔を真っ赤にして机を叩き、立ち上がり、ナイフをエミリアにちらつかせる。

悲鳴を上げるエミリアの母親。エミリアの父親はエミリアの名前を呼んで助けに入ろうとした。

だがエミリアは臆《おく》することなくクロウの脛《すね》へ全力の蹴りを叩き込んだ。

「ぎゃー!!」

クロウは脛を複雑骨折し、ナイフを手から離し、その場でジタバタと転げ回っていた。

エミリアを見上げるクロウの目は恐怖に怯え、眼帯をポロリと落とす。

どうやら他人を威圧するために眼帯があった方が凄みが出ると思い、着けていただけの伊達《だて》眼帯だったようだ。

エミリアはそんな両目のよく見えるクロウを見下ろし、子供ながらドスの利いた声で言う。

「食った分の金を払え。ただ飯食わしてやるほど、うちも裕福じゃないんだ」

クロウはなけなしの金を置いて、足を引きずりながら泣いて店を出ていった。

それ以来、クロウは人に迷惑をかけるようなことはしなくなったと風の噂で聞いたけれど、本当かどうかは分からない。

その事件でエミリアは、自分が正しいと思えることを行動に移せば、何事も正せると思ったらしく、それ以来悪ガキや迷惑をかける大人に文句を言って回った。

だがそんな彼女の心配をした両親は、「お願いだから悪い大人には口を出さないでくれ」と懇願する。エミリアは泣きそうな両親の姿を見て、それから十三歳になるまでは見た目が危なそうな大人に対しては何も言わなくなった。

だが正義感の強いエミリアは我慢の限界だったようで、十三歳になったある日、大爆発を起こす。

町の人たちに因縁をつけて金を巻きあげる外道《げどう》四人がいた。

通りかかる老人や女性、それに弱そうな男ばかりを狙う男たち。

エミリアはそんな噂を聞いて、奴らの住処へと乗り込もうとしていたようだ。

しかしそこは方向音痴のエミリア。勢いよく出て行ったのはいいが彼女はすぐに迷子になり、三日後にレイナークにいることが判明した。

彼女の両親が迎えに行き、帰ってきたエミリアは俺に言う。

「アル！　悪いけど一緒に付いてきてくれ」

「え……僕も行くの？」

俺はエミリアと違い、普通の少年。いや、普通よりも弱いまであったから怖くて怯え倒していた。

恐る恐るといった様子でエミリアが迷子にならないように付いていき、男たちの住処へと向かう。

そこはマーフィンにいるガラの悪い連中だけが集まると言われている酒場。その二階で男たちは寝泊まりしていたらしく、憤慨していたエミリアは興奮した様子で店へと入っていく。

中は昼間だというのに酔っ払いばかりで……中には麻薬に手を出し、目つきのおかしい男や女もいた。

子供心に、この時は怖くて怖くて仕方がなかったが……エミリアは違う。

麻薬を奪い、踏みにじり、襲ってくる男たちを殴り飛ばしていく。

騒ぎを聞きつけた男たちが二階から勢いよく飛び出してくる。

「お前らか！　町の人たちに迷惑をかけているのは！」

「な、なんだこの子供は⁉」

「誰が子供だ！」

実際子供だったが、子供扱いされるのを嫌うエミリアは怒りのままに悪漢たちを叩きのめしていた。

俺はガタガタ恐怖に震え、店の入り口からエミリアの勇姿を眺めるばかり。

いや、普通の十三歳の子供がそんなところに飛び込めるわけないだろ。

結局エミリアは男たちを成敗し、金輪際《こんりんざい》迷惑をかけないと約束をさせていた。

その日から再びタガが外れ、悪人を鎮圧していくエミリア。

正義感を存分に発揮し、十七歳の時テロンさんに冒険者としてスカウトされるまで、マーフィンで正義の味方みたいな立ち回りを演じ続けていた。


「…………」

隣を歩く可愛い幼馴染の方に視線を向ける。

見た目はあの頃からほとんど変わっていないエミリア。

彼女の両親はゴルゴがガイゼル商店を引き継いでから取引をやめ、別の町へと移り住み、今は離れて暮らしている。

なのに一人でたくましく生き、マーフィンで最強の称号を得るまでになった。

俺もエミリアがいなければ今頃のたれ死んでいたかもしれない。

彼女がギルドを紹介してくれたからなんとか生き延びることができたのだ。

迷惑は多分にかけられたが、沢山世話にもなっているなぁ。

金色の髪を揺らすエミリアの横顔を見て、少し体温が上がるのを感じる。

「どうしたんだよ?」

「いや。なんでもないよ」

片眉を上げて怪訝《けげん》そうにこちらを見るエミリア。

俺はそんないつまでも変わらない幼馴染と、なんてことない会話をしながら散歩を続けた。

◇◇◇◇◇◇

「君がアルベルト・ガイゼルか」

「左様でございます」

レイナーク城、謁見の間。

窓がいくつも備えられていて、広い空間を太陽の光が明るく照らす。

太い柱が何本もあり、正面中央には大きな玉座がある。

その玉座に座っている人物――フレオ・レイナーク。

確か年齢は二十六歳。美しく上品な金色の髪。端正な顔立ちで背も高い。

王族の上等な服で着飾っており、誰がどう見ても高貴な人物。

その美しい容姿には、男の俺でも釘付けになってしまうほどだ。

それでいて偉そうにする素振りもなく、ただ穏やかに俺たちの方へ視線を向けている。

「数々の功績、僕の耳に届いているよ」

「光栄であります」

俺はエミリアとティアを連れて、この謁見の間に来ていた。

王の前に跪《ひざまず》き、頭《こうべ》を垂れている。

「聞くところによると、不思議な剣を持ってるみたいだね」

「はい。【神剣】でございます」

「【神剣】……」

王は顎に手を当て、ふむと思案する。

「伝説に聞く聖剣や魔剣とはまた違うようだな……少なくとも、人間の姿になれる剣など聞いたことがない」

周囲に立ち並んでいる兵士たちも、コソコソ同じようなことを話していた。

その兵士たちの姿を見て、王は何やら思案顔をし、静かな声で俺に言う。

「……アルベルト」

「なんでございましょうか？」

「私の部屋まで来てはくれないか？」

「はい？」

◇◇◇◇◇◇

王の後に続いて俺たちは王室へと足を踏み入れる。

部屋の広さは一人で使用するには大きすぎるほど大きく、一人で寝るには大きすぎるほど大きいベッドがあった。

他にも高そうな置物や絵画など、多数飾られている。

「なぜここに君たちを呼んだか分かるかい？」

「……見当もつきません」

「だろうね。なんてことはない。君と楽に話をしたかっただけなんだ。君もあんな場所で畏まって話をしても、疲れるだけだろ？」

王は赤ワインを静かにグラスに注ぎ、ゆっくり椅子に座る。

「はぁ……」

「実を言うところ、僕には友人と呼べる人物が一人もいなくてね。腹を割って話せる友人が欲しかったんだよ」

「………」

俺は黙って王の話を聞くことにした。

エミリアは突然の言葉に驚いている。

「君は多大な功績を挙げているし、それに、あのローランドを立て直してしまうほどの商才と指導力を併《あわ》せ持っているようだしね」

王はワインを喉に流し込み、うっすら笑みを浮かべる。

「このままいけば、このレイナークさえ超える町になる、と聞いているよ。そんな君には、僕の良き友人として相談役になってもらいたい。このレイナークのさらなる発展のためと、世界の平和のために、ね」

「要するに、わたくしを囲い込んでおきたい、ということですか？」

「ははは。そんなつもりじゃないよ。ただ君と友人になりたいだけさ」

なぜ俺と友になりたがるんだ、この人は。

別に、相談役が必要なら配下にしておいた方が簡単だろうに。

と言っても、俺は国で働くつもりはないけど。あんまり面白くなさそうだしな。

「君と友人になりたい理由は三つほどあるのだけれど……一つは、君が本気になればレイナークを滅ぼすことも可能ということだ。それを回避するためにも、友好関係を築いておいた方が賢明だろ？」

「いや、滅ぼすつもりなど毛頭ありませんが……」

「分かっているよ。これは無理矢理にでも理由を捻り出しているだけだからね。そして二つ目は、君のアドバイスがあった方がより良い国を作ることができる。ローランドの話を聞いて、僕はそう確信した」

「…………」

「そして三つ目の理由。これもさっき言ったことだが、単純に友が欲しいだけだ。こういう立場にいると、みな畏まってしまって、本音で会話をしてくれる人がいないんだ。要するに寂しいんだよ、僕は」

王は眉をひそめて苦笑いする。

「……利害は一致する、か」

「ん？　どういうことだい？」

「自分と友人関係になることによって陛下にメリットがあり、そして自分にも直接陛下と繋がりができるというメリットがある。互いの利害を一致させるのは重要なことですから……船は港がなければ陸に上がれませんし、船が来るからこそ港も色々な物品が運び込まれて潤うというものです」

俺は陛下に笑顔を向ける。

「なるほど……僕が港で君が船ということだな。利害を一致させて互いに利益を生み出す……うん、面白い考えだな」

陛下もまた、俺に笑顔を向ける。

こちらの意図も伝わったと考えていいだろう。

俺は陛下と友人関係を結ぶことを決め、肩の力を抜いて言う。

「それでは、これから俺のことは、アルと呼んでください」

「アルか……分かった。では僕のことはフレオと呼んでくれ」

「はい。フレオ様」

さすがに呼び捨ては大問題だろう。

友人と言っても、俺たちは王と平民。

それなりの礼儀は必要だ。

「これからも色々頼みを聞いてもらうことになるけど、よろしく頼むよ」

「はい。喜んでお引き受けいたします」

「おい、アル……友人はさすがに失礼だろっ」

ティアは目を瞑って平然としているが、エミリアは大慌てで俺の袖を引っ張る。

「だって、フレオ様がいいって言っているんだから別にいいだろ？」

「で、でも……」

「別に構わないんだ。アルに友人になってもらうのは、僕の頼みなんだからね」

「ほら」

「ほらって……」

「ははは。それでアル。友人となった証に、君に何かを贈りたいと思っているのだが……何か欲しい物はないかい？」

「欲しい物……」

俺は一瞬思案し、コクリと頷く。

「欲しい物ではありませんが……お願いが一つあります」

「願い？」

◇◇◇◇◇◇

『チェルネス商会』。

ローランドの商店を束ねる、ペトラ・チェルネスが代表を務める組織だ。ローランドの中央の建物がチェルネス商会の本拠地で、ペトラは笑顔を崩さずみんなに指示を出していた。

「じゃあ、こちらの商品をレイナークまでお願いします」

「オッケー。ペトラのために頑張るよ」

「あはは。期待してますね」

俺がペトラに近づくと彼女は俺に気づき、笑顔で手を振る。

ペトラは桃色の髪を肩まで伸ばし、くりくりした碧眼に愛嬌のある笑顔を振りまく可愛らしい女の子。素朴ではあるが可愛らしい服を着ていて、上からエプロンを巻いている。

元々酒場で仕事をしていた名残か、職種は違うがエプロンを巻いてる方が気合が入るらしく、仕事中はずっとこのスタイルだ。

「アルさん。こんにちは」

「こんにちは、ペトラ。調子はどうだい？」

「絶好調です。皆も元気に働いてくれるし、全部アルさんのおかげです」

屈託のない笑顔でそう言うペトラに、俺は照れる。

人を褒めるのが上手くなってるなぁ。

「それで、どうかしたんですか？」

「ああ。ちょっと相談があるんだけどさ、いいか？」

「相談、ですか？」

◇◇◇◇◇◇

俺とペトラ、そしてチェルネス商会で働くザイという男。それからギルドで働くフェリスという女性を合わせた四人で、以前俺が働いていた街であるマーフィンへとやってきた。

元々このマーフィンは俺の生まれ故郷で、父親がここでガイウス商会という商店を営んでいた。

しかしゴルゴという男に商店は乗っ取られ、俺は家と店を同時に失った。

エミリアの紹介でギルドで働き出したのだが……そこもまた追い出され、そしてローランドに行き着いたのだ。

「まさか、またここに帰ってくるとは思ってもみなかったわ」

俺たちはシモンがギルドマスターを務めていたギルド前でその建物を見上げていた。

フェリスは元々このギルドで働いていた二十二歳の女性で、茶色い髪を後ろで束ねている美人。スタイルもよく、男の人に口説かれているのをよく見かける。

だけど現在彼女は仕事に没頭しており、恋人を欲していないらしく、全てお断りしているとのこと。

ザイは黒い短髪の二十五歳。白いシャツに青いベスト、それに黒いズボンを穿いており、細身ではあるが引き締まった肉体をしている。

見た目はとっつきにくそうな強面《こわもて》の男だが、話をしてみると案外いい奴で、商売にも熱心で仕事も真面目にこなしている。

彼は腕を組み気難しそうな表情で、フェリスと同じようにギルドに視線を送っていた。

「アルベルト……」

そんなことをしていると、怒りを含んだ声と共にこちらに近づいてくる男がいた。

それは実質的にマーフィンを牛耳っており、一部の住人から『ドン』と呼ばれる、ゴルゴ・ルノマンド。

俺がいるという話を聞きつけてきたのだろう。

溢れんばかりの怒りを表するかのように、顔を歪め眉間に皺を寄せ、歯をむき出しにしている。

俺は嘆息しながら、奴の方へ顔を向ける。

「なんだよ?」

「マーフィンには来るなと何度も言ってるだろうが!」

「約束したわけでも承認したわけでもないって言ったよな」

「このっ……」

四つの金色の指輪をはめた左手で俺の胸倉を掴もうとするゴルゴ。

しかし俺はその手を右手で払う。

「……今日は何しに来やがった!」

唾を飛ばしながら怒鳴るゴルゴ。

俺は冷静に、淡々と会話を続ける。

「別に。仕事の下見だよ」

「し、下見だぁ?　どういうことだ?」

「どういうことって……このギルドを立て直そうと考えているんだよ。あと、マーフィンで商店を出すつもりだからな」

「ふ……ふざけんなああ!」

ゴルゴは右拳をギルドの壁に激しく突き刺す。

石が崩れパラパラと落ちる。

品の悪い香水の香りがゴルゴから匂ってきたので、俺は目の前で手をパタパタさせながら話を続ける。

「ふざけてなんかないさ。本気も本気だ。俺はマーフィンでも仕事をする。もう決定したことだ」

「……嘗《な》めるなよ。誰の許可をもらって仕事するつもりだ？　ここはマーフィンだぞ。俺の許可なくこの町で――」

「国王だよ」

「……は？」

時間を止めたかのように、ゴルゴの動きがピタリと止まる。

「レイナーク国王の許可をもらって、ここで仕事をすることになった。シモンにはギルドマスターを降りてもらったし、問題は何もないはずだ。それとも何か？　お前は国王の判断に不服でもあると言うのかい？」

「くっ……この」

ゴルゴは面白いぐらい青筋を立てて、俺を睨み付ける。

俺はそんなゴルゴにやんわりと笑顔を向け、右手を差し出す。

「今日から同じ町で働く商人仲間というわけだ。よろしく」

「………」

ゴルゴは歯を折れそうな勢いで食いしばり、俺の手を弾く。

そのまま踵を返して、この場を去っていった。

ペトラは去って行くゴルゴを睨みながらも笑みをこぼす。

「……すごい悔しそうでしたね。私、ちょっとスッキリしました」

「ははは。俺もだ。あんなゴルゴの顔を見れるなんて、今日はいい日だなぁ」

俺とペトラはスッキリした顔を見合わせ、大いに笑った。

だけどゴルゴ、これはただの始まりに過ぎない。

お前には色々と借りがある。覚悟をしておけ。

◇◇◇◇◇◇

「あのガキ……嘗めやがって!!」

その日の夜。

ゴルゴは自宅の客室で大暴れしていた。

そこは広い部屋で、周囲に設置されている壺や置物は、金でできた品のない物ばかり。

大きなソファに小さなテーブルが一つある。

そのテーブルの上にはワインが置かれていて、ゴルゴはそれを蹴り飛ばし、何度も何度も怒りの声を上げていた。

テーブルは壊れ、ワインが床の絨毯に染みこんでいく。

入り口の扉前にいる二人の男は微動だにせず、その様子を見ていた。

生気を感じさせない死神のような瞳。

見た目は商人のようにも見えるが、隠しきれない危険性を感じさせる二人組である。

「おい！　ノーマンを呼んでこい！」

右側に立っていた男がコクリと無言で頷き、部屋を出ていく。

それと同時に部屋に入ってきた女が、床を雑巾《ぞうきん》で拭きはじめる。

十分ほどすると部屋を出ていった男が、一人の気の弱そうな男性を連れてきた。

歳は四十過ぎぐらいだろうか。

生活水準は低いらしく、あまり綺麗な恰好はしていない。

食事もまともに摂れていない様子で、頬が少し痩《こ》けている。

髪は短く刈られているが、それは彼の奥さんの手によるもので、見栄えはよくなかった。

「おい、ノーマン。いつになったら借金を返すつもりだ？」

「ゴ、ゴルゴさん……お願いだからもう少し待ってくれ……私も生活が大変で……」

「お前が大変かどうかなんて、俺には関係ない。金を返すか返さないか？　どっちだ？」

「か、返すとも……だけどもう少し待ってほしい――」

「なんでてめえの都合《つごう》に合わせなきゃいけねえんだ!?　ああっ!?」

ゴルゴは睨みを利かせながら、深々とソファに体を沈める。

恐怖に肩を竦めながら、ノーマンはゴルゴの次の言葉を待った。

「お前、嫁と娘がいたよな……」

ギクリとするノーマン。

嫌な予感を覚え、冷や汗を流す。

「そ、それがどうかしたのか……」

「お前の家族、奴隷商人に売ってもいいんだぜ」

サーッと血の気が引くノーマン。

ゴルゴの足にしがみつき、必死に訴えかける。

「お、お願いだ！　それだけは……それだけは勘弁してくれ！　頼む！　借金ならなんとしてでも返す！　それになんでもするから二人には手を出さないでくれ！」

「なんでも、か」

鳥肌が立つような、おぞましい顔で笑うゴルゴ。

「だったら、一つ頼みがあるんだが、どうだ？」

「頼み？　もちろん、聞くとも！　俺にできることなら、なんでもやるよ！」

ゴルゴが入り口にいる男にくいっと顎で合図を送ると、男は透明な瓶を懐から出し、それをノーマンに手渡す。

「こ、これは……」

「猛毒だ」

「も、猛毒ぅ⁉」

瓶を持つ手を震わせるノーマン。

「それを使ってローランドにいる、アルベルトという男を殺してこい。それで借金もチャラにしてやる」

「だ、だけど殺人なんて……」

「そうか。おい、こいつの嫁と娘をさらってこい」

「ま、待ってくれ！　それだけはやめてくれ！」

「だったら、どうする？　殺すか？　家族を差し出すか？　どっちだ。さっさと決めろ。一分だけ待ってやる」

「…………」

ノーマンはガタガタ震え、辛そうに顔を歪めて考えていた。

人を殺すなんて……そんなことできるわけがない。

できるわけがないが……できなかったら家族をゴルゴに奪われてしまう。

どうすれば……どうすればいいんだ？

人殺しなんて……人殺しなんてできやしないしやりたくもない。

だが彼が待ってくれる時間は一分のみ。

悩む時間さえも許されない。

知らない他人と大事な家族……。

どちらを取るかと問われれば、迷うべきではない……。

そしてノーマンは、苦しみに苦しみながらも一つの答えを出す。

「わ、分かった……その男を殺してくる」

「グッド！　いい答えが聞けて良かった。利害は一致したようだな」

ゴルゴは立ち上がり、ノーマンの肩に手を置く。

「これでお前の家族は安全だし、借金もなくなる。お前が仕事を全《まっと》うしたら、全部上手くいく。準備ができたら、明日にでもローランドに向かえ。いいな」

呼吸を浅くしうっすらと涙を浮かべながら、ノーマンは頷く。

ゴルゴはノーマンの答えに満足し葉巻に火を点け、素晴らしい演劇を鑑賞した後のように、喜びに浸っていた。

◇◇◇◇◇◇

僕こと、ロイ・ロンドニックは、生まれた瞬間から弱者だった。

母親のお腹《なか》から出てきた時、泣き声もひどく弱々しく、身体《からだ》も驚くほど小さかったようだ。

大きくなれたのが奇跡だと言われるほどの虚弱体質で、その時からこれまでずっと弱いのは変わりなかった。

同年代の子供たちはローランドの荒くれ者を父親に持ち、自然と同じように気性の荒い人間として育っていく。

僕は体だけではなく力も弱く、さらに弱かった両親に育てられたために、気も弱かった。

ローランドで弱者というのは格好の的であり、周囲の子供たちからはからかわれ、暴力を受ける毎日。

戦う力もなければやり返す勇気もない。

毎日傷だらけになり、毎日泣いて家に帰った。

両親には「弱い子に産んでごめん」なんて謝られたけど……。

違うんだ。悪いのは心の弱かった僕なんだよ。

それからもずっとバカにされて言いたいことも言えなくて……。

悔しくて泣いて、そんな毎日だった。

きっとこれから一生こんな人生なのだろう。

そう思っていた。

だけど、一人だけずっと僕のことをバカにしない女の子がいた。

ルカ・チェルネス。

同い年の酒場の女の子だ。

いつもボーッとしているけれど、ニコニコ笑顔が温かかった。

彼女が笑ってくれるだけで、全部救われた気がした。

僕はいつしか彼女に恋をして……彼女に振り向いてもらうために強くなろうと決意した。

もちろん、周囲には笑われたけれど……。

僕は弱くて弱くてどうしようもない人間だ。

だけど、アルさんは言ったんだ。

問題は心の強さだと。

そして僕は『覚悟』を決めたんだ。

必ず強くなるという覚悟を。

だから……僕は何があろうと、どんな困難が立ち塞がろうと強くなるんだ。

胸の中で燃え上がる熱い気持ち。

僕はこれに従って、生きると決めたんだ。

◇◇◇◇◇◇◇

【神剣】の一つ、【ブラックローズ】。

ヒューマンモードの時の彼女のことはローズと呼んでいる。

ローズはカトレアと同じく波打つ長い髪をしているが、彼女とは違い黒色。

緑をベースに紅いラインが入った上着、太腿辺りが膨らんだズボンに硬そうなブーツ。

これは異世界の軍服をチョイスした結果、こういう服装になったのだ。

首元には黒い宝石が付いたチョーカーをして、いつも気難しそうな表情。

他に類を見ないほどの美人ではあるが、どこかとっつきにくそうな雰囲気がある。

俺はそんなローズと共に、ルーズの森に来ていた。

「…………」

数十人のひ弱な男たちが俺の後ろで俯《うつむ》き加減に立っている。

「ここではゴブリンしか出現しない。お前たちでも安全に戦えるだろう」

「で、でも俺たちなんかがモンスターに勝てるわけないんだ……」

俺とローズは、彼らの弱々しい反応にため息をつく。

彼らはローランドの他の人たちと比べても戦闘力の低い者で、『落ちこぼれ組』なんて揶揄《やゆ》されている集団だ。

弱いモンスターにも勝てず、仕方なく最弱クラスのゴブリンだけが出現するルーズの森に連れてきてやっていた。

しかし、完全に自信をなくしている……なくしているというか、元々自信がないのかもしれないが。

とにかく、自信のない彼らはゴブリン相手でも弱気になっていて、ウジウジするばかりであった。

だがそんな中でも、一人だけやる気のある少年がいた。

「ぼ、僕、行きます」

「ロイ……」

ロイ。金髪碧眼の少年で、白い服にブラウンのズボン。

どこにでもいるような十四歳の少年で、全能力値が『1』という、この中でも最弱の男。

最弱だというのに、一番やる気に満ち溢れている。

元々は弱気で情けなくて泣いてばかりだった……。

なのに今は覚悟を決めた男の顔をしている。

武器を持たないロイはゴクリと固唾を呑み込んで、ゴブリンに突撃した。

しかし、ゴブリンが持っていた棍棒にゴツンと顔を殴られ、鼻血を噴き出す。

「ううう……」

以前のロイなら、ここで泣いて怯えるばかりであったが今回は違った。

勇気を宿した瞳でゴブリンを睨みつけ、再度攻撃に転じる。

が、やはり棍棒の一撃で吹き飛ばされていた。

「……一番弱いロイが、一番やる気に満ち溢れているとはな」

「……やる気があったって、何もできなかったら意味ないじゃないか」

ローズの言葉に、暗い声でそう言う男が一人。

皆もそれに同調するように何度も頷く。

周りと比べても圧倒的に弱い自分たちに絶望しているのであろう。

そんな彼らが希望など抱くわけもない。

ロイや自分たちの可能性を、心から否定しているようだ。

「ロイが……俺たちがどれだけ頑張ったところで強くなれるわけがない。無駄だ。全部無駄なんだ」

「無駄なんかじゃないさ」

「？」

「ずっと闇の中を走るみたいに先が見えない、いつ抜け出せるのか分からない状態が続くから不安になって、逃げたくなって、本当に逃げ出して……それが普通の人間が取る行動さ」

「………………」

皆はどんよりした表情のまま、俺の話に耳を傾けている。

「だけど、走り続けていたらいつかは闇の中から抜け出せるものなんだよ。もちろん、逃げることが悪いことじゃない。自分に合っていないと思ったら辞めるのが一番だとも俺は思う。だけど、皆は強くなりたいって気持ちがあるからここにいるんだろ？」

「そ、それは……そうだけど」

俺は頷き、明るい声で話を続ける。

「その気持ちが一番大事なんだよ。どれだけ惨めだろうが、どれだけ人にバカにされようが、その気持ちを抱いたまま走り続けることによって、暗闇の中から抜け出すことができるのさ」

「……才能がないんだよ、俺らは」

ローズは一瞬ムッとするが、一度深呼吸して冷静さを維持する。

そして皆を諭《さと》すように、強く優しい声で言う。

「才能とはなんだ？」

「さ、才能……そりゃ、資質だとか、あからさまに能力が高いことじゃないのか？」

「違うな。才能とは、『やりたい気持ち』以外の何物でもない」

「や、やりたい気持ち……？」

「そうだ。絵を描きたい。料理がしたい。そして、強くなりたい。そう思う気持ちがあるということは、それだけで才能があるということだ」

ローズは熱をこめてそう言い放つ。

「だ、だけど、俺たちは強くない――」

「現時点ではそうだ。そんなお前らを見て、周囲の人間はこう判断するだろう。『才能がない』、とな。そう判断するのはいつだって何もしない、何も成し遂げていない人間だ。だが、何も成し遂げてもいない人間が判断することにどれだけの意味があるというんだ？　なんの意味もない。そんな他人の判断などなんの意味もないんだ」

ローズは言葉を遮りそう言ったが、皆はまだ自分たちを卑下している。

「でも、自分たちに才能があるなんて、信じられない」

俯いてばかりの彼らに、俺はローズの代わりに言う。

「才能はある。ただ、才能を開花させられるかは、自分たち次第だ」

「開花……？」

　俺は意志を込めた瞳で優しく言う。

「やる気こそが才能。だけどそれを開花させる前に諦める人間の方が多い。始まりは、皆より出来が悪くて嫌気がさして……でも、諦めることなく日々高みを目指す。それで他の人より秀でた人間になった者は枚挙《まいきょ》にいとまがない。結局のところ、才能を開花させられるかは自分次第だし、自分以外、自分の能力を開花させてやることはできないんだよ」

　一人の男が俺の話を聞き、目を閉じ、拳を強く握っていた。

　自分たちのこれまでの生き方を省《かえり》みたのだろう。そして目を開き、俺に向かって叫ぶように訊く。

「お、俺も、才能を開花させられるんだろうか？　皆よりも弱い俺でも……強くなれるんだろうか!?」

「ああ。大丈夫。絶対に強くなれるよ。俺はそう信じている」

　自信などない。だけど自分を信じてみたい。

　彼からはそういった意志を感じることができた。

　やはり強くなりたいという気持ちは本物のようだ。

　何か、何かきっかけがあればいいのだが……。

　すると背後でバキッと何かを殴りつける音が聞こえてきた。

「はぁはぁ……」

　それは顔をボコボコに腫らしたロイが、ゴブリンを殴り倒した音だった。

　ロイは敵を見下ろし、プルプルと震え出す。

そして涙を流しながら、俺の方を見た。

傷だらけだが、炎のような闘志を秘めた瞳。

血にまみれた口から、感動の声が漏れる。

「ぼ、僕、倒せました……初めてモンスターを倒せました」

俺はそんなロイの姿に心を震わせ、大きく頷いた。

初めての勝利に、ほんの少しの前進に、わずかに見えた可能性に。

小さな経験から、大きな喜びを覚え涙が止まらない様子のロイ。

自分でもできるかもしれない。

自分でも強くなれるかもしれない。

ロイは涙を流しながらも、拳を力強く握り締める。

男たちはそんなロイの勇姿《ゆうし》を見て、身震いをしていた。

「僕でも、強くなれるんですよね？　自分を信じていいんですよね？」

「ああ。ロイも、皆もきっと強くなれるよ。皆なら大丈夫さ」

スライムにも勝てなかったロイが、ボロボロになりながらもゴブリンを退治した。

以前とは違い、自分の可能性を信じているロイ。

そのロイの変化を見た男たちは、ほんの少しだが、自分たちの可能性をも信じ始めたように見えた。

その眼には、未来を信じるキラキラした輝きが灯《とも》っている。

そこから皆は、人が変わったかのように戦いに身を投じ始めた。

「うおおおっ！」

貧弱な男たちが、ゴブリンと接戦を繰り広げる。

盾を持った男が攻撃を受け、周囲から弱々しい斬撃を放つ。

後方から魔術、矢を放ち、少しずつだがゴブリンたちにダメージを与えていく。

いつの間にか、数人がかりでならば確実にゴブリンに勝てるようになっていた。

ここに来る前は、ゴブリン相手でも勝てなかったはずなのに。

そもそもの原因は、勝てないと思い込み、立ち向かわなかったことだが。

その中でも一際《ひときわ》弱かったロイは、気が付けばゴブリンと対等以上の力で攻め込んでいた。

「はぁはぁ……な、なんだかちょっと強くなったような気がします」

「気がする、じゃない。確実に強くなっている」

ロイは俺の言葉にパッと明るい笑みをこぼす。

最弱だったロイが、この中で一番強くなったように思う。

一番弱かったが、一番努力をしているのだ。

成長速度はこの場にいる誰よりも遅いが、誰よりも勇気を出して前線に身を投じ、破竹《はちく》の勢いで拳を振るう。

皆も少しずつではあるが強くなってきている。

俺は喜びに胸を躍らせ、ローズの方を見た。

「………」

ローズはなぜか、青い顔でキョロキョロと周囲を見渡していた。

「どうした？」

「い、いえ……先ほど、蜘蛛《くも》の巣を見ましたので」

「蜘蛛の巣？　蜘蛛の巣があったら問題でもあるのか？」

「大問題です」

ローズは真剣な顔をして言う。

「な、何がそんなに問題なんだよ」

「だ、だって……怖いじゃないですか。蜘蛛」

「こ、こわ……？」

すると、絶妙なタイミングでローズの真横にある木から蜘蛛が降りてくる。

「あ、蜘蛛」

「ひゃあああああっ⁉」

ローズは悲鳴を上げて、俺に抱きついてきた。

彼女は俺の顔に胸を押し付けるように力一杯抱きしめてくる。

柔らかい。しかし息ができず苦しい。

天国のようなものと地獄のようなものを同時に味わう。

俺はローズの身体を引き剥がし、腕の中で震える彼女に訊く。

「蜘蛛、苦手なんだな」

「な、なぜでしょう……私は【神剣】だというのに、恐怖の対象があるなんて……」

「別に誰だって怖い物があってもいいだろ。人間だって【神剣】だって、モンスターだってそういう物があるんじゃないかな」

「は、はぁ……」

ローズは俺の言葉に頷いた。

が、顔が近すぎたのか、みるみるうちに彼女の顔が赤くなっていく。

「あ、え、あいや……申し訳ございません！　アルベルト様に抱きかかえていただくなんて、大変失礼なことを……」

俺が手で蜘蛛を追い払ってやると、ローズは安堵し俺の腕から離れる。

黒い尻尾をふりふり動かしながら、赤くなった顔を手で扇《あお》いでいた。

「ははは。ローズも人間っぽいところがあるんだな」

「や、やめてください。恥ずかしい」

二人っきりの時は別人のようになるけど、こういう普段の可愛らしい部分もいいじゃないか。

俺は彼女の意外な部分を見て、笑みをこぼしていた。

「うわあああ！」

「どうしたのだ？」

急に、男たちが悲鳴を上げて騒ぎ始めた。

ローズはいつもの教官らしい顔つきに戻り、声の方へ向く。

「グリフォン……こいつははぐれでしょうか？」

「こんな所に単独でいるんだ。そう見て間違いないだろう」

なぜこんな場所にグリフォンが……？

まぁ、棲息地ではない場所にいるからはぐれなんだろうけど。

鷲《わし》の頭と翼にライオンの胴体を持つモンスター、グリフォン。

しかしその身体は、平均的なサイズよりも一回り大きいように思える。

モンスターは、それぞれ棲息地というものがあるが、稀にその棲息地から離れるモンスターがおり、それらを『はぐれモンスター』と呼ぶ。

はぐれモンスターは流れ着いた土地で棲息するモンスターたちから異質だと判断され命を狙われるのが常だ。そのため、敵となったモンスターたちと戦いを繰り返すことにより成長し、はぐれモンスターは通常よりも強大な力を有していることがほとんどなのだ。

このグリフォンも例に漏れず、全身には多数の古傷があり、激しい戦場を生き延びた強者という風な面構えをしていた。

「これは……Bクラス程度の実力があると見ていいだろうな」

「なるほど……厄介な相手ですね」

しかしローズは鼻で笑う。

「私たちが相手じゃなければ、ですが」

「そういうことだな」

ローズはロイたちに下がるように怒声めいた命令を出す。

彼らがそそくさと俺の背後に回るのを確認してから、姿勢を正して俺の隣に立つ。

「ローズ。【大剣】スキルの取得と同時にグレートソードモードを頼む。攻撃を80、防御は20だ」

「はっ」

ローズの全身が闇のような物に覆われて、2メートル半ほどの巨大な剣へと変貌する。

真っ黒で、赤いラインが入った、禍々しい印象の剣であった。

ブラックローズを手にすると、ズシンと身体が重くなる。

グレートソードモードは、攻撃力が50%上昇する代わりに速度が30%低下する、という特性があり、普段より動きが鈍くなるのを感じた。

「す、すごく強そうだ……」

「で、でも相手も強そうだぞ」

男たちは感嘆と恐怖の入り混じった声で俺の背中を見つめている。

「オゴォオオオ！」

はぐれグリフォンが翼をはためかせて、宙に浮く。

敵のあまりの威圧感に男たちがゴクリと息を呑み、震える。

「こ、こんな化け物……さすがのアルさんでも……」

「アルさんだけではなく、こんなのに勝てる人間なんて」

グリフォンは森を越え、天高く上昇していく。

そして空中で体勢を変え、勢いをつけてこちらへと下降してきた。

激しい風を裂く音が聞こえてくる。

「ヤ、ヤべぇ！　ヤべぇよアルさん！」

「アルさん、逃げましょう！」

ロイたちが大騒ぎをしながら散り散りになる。

そのまま遠くへ逃げていく者や、やや距離を取って振り向く者。

それぞれ違う反応を示すが、俺はその場を動かない。

勢いを増していくグリフォンを迎え撃つため、ブラックローズを構える。

「アルさん！」

ロイの叫び声とグリフォンの衝突は同時だった。

「……なっ！」

俺はグリフォンの大きな身体を、巨大なブラックローズの腹で受け止めた。

そのまま力尽くで押し返してやるとグリフォンは脚をもつれさせその場に倒れる。

「【バスター――」

ブラックローズに強大な力が宿るのを感じる。

俺はそれを解放してやるよう腕力だけで振り切った。

「――スイング】！」

ゴッ！　と大地が爆発を起こす。

軽い地震めいたものが起き、ロイたちは身体を揺られて、膝をつく。

「…………」

そして、グリフォンが跡形もなく消え去り、ブラックローズの一撃で抉れた地面を驚愕の顔で見つめていた。

「す、凄い……なんてでたらめな」

「ははは。まだまだこんなものじゃないんだぞ」

俺は片手でブラックローズを持ち上げ、肩に載せながらロイにそう答えた。

ロイだけではなく、その場にいる全員が俺の強さに驚くばかり。

しかしその後、ロイたちは俺の強さに感化されたのか、さっきよりも気合の入った様子で戦いを繰り広げていた。

この様子ならきっと皆強くなる。

どこまでもどこまでも……まだ見えぬ遥か先まで行き着くことができるはずだ。

それが人間の持つ可能性なのだから。

自分を信じる限り、何者にだってなれるはずだ。

◇◇◇◇◇◇

ロイたちの訓練に付き合った次の日。

俺の自室の一階下にある会議室。部屋の中央に真四角のテーブルがあるだけの広々とした空間。

そこで俺はティア、ペトラ、ザイらと共にこれからの商売の話をしていた。

「うーん……マーフィンで成功するには、どうすればいいんでしょうか？」

「基本は『今ある物をより良くする』ことだけど、他に何か目新《めあたら》しい物が欲しいな」

ペトラは顎に手を当て、真剣な表情で案を考えているようだ。

それはペトラだけではなく俺もティアも、そしてザイも同じである。

「目新しい物……何があるだろうか」

生真面目《きまじめ》なザイは腕を組み思案顔をしている。

ザイはチェルネス商会で働くやる気溢れる男で、マーフィンでの出店《しゅってん》を任せることにした人物だ。

彼なら大丈夫だとペトラが推薦してくれた。

ペトラが推すだけあって、仕事熱心だし向上心もある。

「ご主人様、異世界の商品を取り扱うというのはどうでございましょうか？」

「異世界の物か……」

異世界の商品を取り扱うとなると……間違いなく話題にはなるだろう。

ただ、一つだけ問題というか、クリアしておかねばならないことがある。

「俺たちがいなくても提供し続けられる物がいいな。俺たちがいないと出品できないような物を出しても、儲けられるのは今だけだから」

「将来のため、でございますね」

「ああ」

俺が創ろうとしているのは、今だけ儲けられるような組織じゃない。

これから先、生まれてくる子孫たちのためにも、繁栄し続けられる組織だ。

その観点から見たら、俺たちがいないと成立しない物になんて意味はない。

やるなら、俺たち抜きでも提供できるものだ。

「……炭酸水はどうだろう？」

「炭酸水？　なんですかそれは？」

「あー、まぁ一度飲ませてあげるよ。材料は……クエン酸と重曹《じゅうそう》があればできる、と」

重曹は海藻や一部の植物から【錬金術】で作ることができる。

クエン酸は柑橘《かんきつ》類からできるはずだ。

「じゃあ、早速用意してくるよ」

◇◇◇◇◇◇

クエン酸と重曹を作成し、それを水の中に適量入れる。

するとシュワシュワと気泡が底から湧いてきて、炭酸水の出来上がりだ。

それを四人で、同時に口にする。

俺も飲むのは初めてだが……うん。

悪くない。

「うわー……不思議な感じですね」

「ビールも作りたては、こんな感じだと聞く」

俺は飲まないから知らないが、酒場でも用意しているビールでは、この『炭酸』は抜けきってしまっているらしい。

作られたばかりの物は炭酸を含んでいるが、異世界ほど保存方法も進んでいないので皆の手元に届く頃には炭酸が抜けきっているというわけだ。

「これなら、皆に喜んでもらえるんじゃないかな？　レモネードにこの炭酸を入れたら炭酸ジュースになるしね」

「わっ、それ、なんだか美味しそうですね」

ペトラは炭酸水を飲みながら嬉しそうに目を輝かせる。

「ティア。これの作成法を皆に教えてやってくれ。ペトラは原材料が必要になるから、手配してくれ」

「かしこまりました」

頭を下げるティアであったが、何かを思い出したのか、澄んだ声で話を続ける。

「ご主人様、冒険者たちの武器防具をそろそろ一新したいとギルドマスターからお話がありました」

「武器か……強い敵と戦うには、それなりの装備が必要だしな」

現在ローランドでは武器防具を作る鍛冶屋を始めた者が数人いる。

俺が【錬金術】で作れば話は早いのだが……これも皆のためだ。

自分がやった方が早いことも仲間に任せる。

もちろん見ていてもどかしいことは多い。

しかし、仕事を任せてその人が成長すれば、それだけ俺の時間は別に使えるようになるし、彼らのため、ひいては町のためにもなる。

そのために任せる覚悟というものも必要となってくるのだ。

そして俺がやってあげられることと言えば、皆ができないことをすること。

今回新しい装備が必要ということならば、それに見合うだけの素材が必要になる。

流通している物を購入すれば話は早いのだが……ここは町に経済的な負担をかけないように、俺が武器の素材を集めることにしよう。

「レイナークからアウタン鍾乳洞《しょうにゅうどう》でモンスター退治の依頼、俺に直接指名できていたな」

「はい」

「あそこで『銀鉱《ぎんこう》』が手に入るはずだ。依頼ついでに素材回収をしにいこう」

「かしこまりました」

◇◇◇◇◇◇

マーフィンに炭酸水を目玉商品とした商店を出店すると、瞬く間に注目の的となり、ザイたちは連日嬉しい悲鳴を上げていた。

「ちょっと、これ頂戴《ちょうだい》!」

「俺も炭酸水くれ！　ついでにポーションも買うよ！」

「こっちは炭酸レモネードをくれ！」

ギルドの真横に、ちょうど空きがあったのでそこにザイの店を出店した。

広さ自体は平均的な物で、中に十人も入れば混雑状態である。

そんな店に一〇〇から二〇〇人ほどの人が押し寄せていて、皆で炭酸水の取りあいとなっていた。

「押さないでくれ！　炭酸水は皆の手に十分に渡るぐらいはある！」

ザイは大きな声で客たちにそう伝える。

しかし勢いは止まらず、皆手を伸ばして炭酸水を求めていた。

俺とエミリアが店の外からその光景を眺めていると、ザイは俺に気づき近寄ってくる。

「アルさん。見ての通り大繁盛だ」

「ああ。幸先《さいさき》いいスタートだな。この調子で、マーフィンで一番の商店の座でも狙うか」

「気が早い。だけど、俺もそのつもりでいる」

「期待してるよ、ザイ」

ザイは微笑を浮かべ、店へと戻っていった。

エミリアは店をなるほどと納得したような様子で見ている。

「アルはやっぱり、商才があるんだな。いきなり店をこんなに繁盛させるなんて……」

「いやいや。俺だけの力じゃないさ。ザイや店で働く人たちのおかげでもあるんだよ」

「……そういうとこも含めて、商才なんだろうな。自分の力だけを過信していない」

「人間一人でできることは限られているしな。モンスターの大群を一人で倒せるエミリアみたいなのばかりじゃないんだよ。世の中は」

「おい。それは私のことをバケモンって言いたいのか？」

「ははは。違うよ。規格外って言っているのさ」

結局似たようなことだけど。

エミリアはとりあえず納得したようで、怒りを鎮めていた。

ほっ……。

「ご主人様、そろそろよろしいですか？」

「ああ。行こうか」

ティアが空間を開き、レイナークの方から顔を出す。

俺とエミリアは穴を通り、レイナークへと移動する。

「で、仕事の内容は何だよ？」

「ああ。アウタン鍾乳洞で大型モンスターが出現したらしい」

「モンスター退治か」

レイナークからはるか北にあるソルバーン荒地。

そのソルバーン荒地から北はモンスターのみが棲息する地域となっている。

人間の存在しない、モンスターの国。

『魔界』なんて表現する人もいたりする。

そしてそのソルバーン荒地とレイナークの領土との境界線辺りにあるのがアウタン鍾乳洞。

レイナークからソルバーン荒地へ偵察を出すらしいのだが、アウタン鍾乳洞からモンスターが湧いて出てきて困っているとのことだ。

先日、数名の猛者がアウタン鍾乳洞でモンスター退治に挑戦したらしいのだが、大型モンスターを発見し、断念したとのこと。

それでフレオ様から俺に、直接の依頼がきたというわけだ。

「エミリアはなぜ一緒に行くのですか？」

「は？　アルが行くから一緒に行くんだけど」

「……私がいればそれで十分でございますが？」

「…………」

二人は火花を散らせて対峙する。

睨み合いはしていないものの、エミリアは静かに、ティアは余裕の表情で、無言の重圧を掛けるように互いに視線を向け合っていた。

「……さ、仲良くいこう」

なんなんだよ、一体。

初対面からこんな様子だし、相性が悪いのか？

ティアにバイクモードになってもらい、俺が運転し、エミリアは後ろに乗る。

体を密着させ、エミリアはなんだかモジモジ照れているようだった。

「な、なんだか近いな……」

「バイクだし仕方ないだろ」

「ここ、こんなに密着して……お前はなんとも思わないのか？」

「ん？　まぁ、幼馴染だし、どうってことないよ」

「…………」

エミリアは複雑そうな表情をして、ギュッと腰に回す手に力を入れる。

彼女は幼馴染だし、一緒のベッドで寝たことも何度だってある。

今更緊張するような間柄じゃない。

俺は上機嫌でブルーティアのアクセルを回す。

『……ご主人様は胸が大きい方が好みですから』

突然のティアの言葉にエミリアがガタッとブルーティアから落ちそうになる。

俺はエミリアが落ちないように卓越した技術でバランスを取った。

これも【操縦技術】スキルのおかげだ。

「そ、そうなのかよ……アル」

「え？　なんでそんな話になっているんだ？　そんな話したことないよな」

『……小さい方がお好みでしょうか？』

心なしか少し寂しそうにそう言うティア。

俺は少し焦りながら二人に言う。

「あ、いや、好みだとかそういうことではないけど……まぁ、サイズは気にしたこともないな。別に好きになった女性ならどっちでもいいんじゃないか、な？」

「そ、そうか……」

『………』

安心したような釈然としないような……。

エミリアもティアも、大きくため息をついていた。

ブルーティアで走り、俺の頬を撫でる風は気持ちいいというのに、なぜかチクチクと刺さるような空気が痛い。

どうしたんだよ、二人とも。

◇◇◇◇◇◇◇

アウタン鍾乳洞。

そこは天井から氷柱《つらら》のように伸びた岩がいくつもあり、足場も悪く大きな水たまりがちらほらと見える。

気温も外と比べて少し低いようで、エミリアは肌をさすって身体を温めていた。

「ここはCクラスモンスターが大勢いますので、お気を付けください」

レイナークの兵士が灯りを持ってアウタン鍾乳洞で待機しており、俺たちを出迎えるなりそう忠告してくれる。

アウタン鍾乳洞に出現するモンスターは、巨大な岩の肉体を持つゴーレム。

そのゴーレムは砂色をしていて、足は短く腕は太く、鈍足だが手による攻撃は速い。

走って逃げることは可能だが、接近戦をするとなれば、それなりに覚悟の必要なモンスターだろう。

鍾乳洞の中では大勢の兵士たちが、ゴーレムと激戦を繰り広げていた。

ただ腕を振り回すだけの攻撃だが、兵士たちはそれにあっさりと吹き飛ばされている。

攻撃も通用しにくいらしく、硬い体表に武器を弾かれていた。

「おいおい。大丈夫かよ」

エミリアはその戦いっぷりを見て呆れている。

その反応に兵士はムッとし、エミリアに文句を言おうとした。

「子供が偉そうに――」

「はぁっ!?」

文句を言おうとしたが――ギロッと睨むエミリアに兵士は恐怖を感じ、この世の終わりとでも言わんばかりに絶望の表情を浮かべて震え出した。

もちろん、逆らうようなことはせず、開かれた口からは震える声が漏れるだけだ。

「誰が子供だぁ！」

「す、すいませんでした！　本当にすいませんでした！」

もう無意識だろう。

兵士はとにかくエミリアにペコペコ頭を何度も下げて謝っていた。

そんなに脅してやるなよ……。

だけどエミリアを子供扱いした彼も悪いから、俺は口を挟まない。

「お、おい。この子……女性、もしかして、【神力瞬殺《ゴッドスピード》】のエミリアじゃないか!?」

「ゴッド……エミリア・スタウト!?」

周囲にいた兵士たちはザワッとし、エミリアとの距離を取る。

「エ、エミリア・スタウト……通るだけでモンスターが逃げ出すとか……近くに寄っただけで冒険者たちが殴り倒されるだとか……」

「お、俺が聞いたのは、少し口答えしただけで、ギルドマスターが高い所から突き落とされたとか……」

「み、見た目は子供だと聞いていたが……あっいや、申し訳ありません！」

「な、なんでそんな噂が流れてんだよ……」

エミリアは今にも爆発しそうな表情で兵士たちを睨み付けていた。

さすがにモンスターが逃げ出すとか冒険者たちが殴り倒されるとか、噂に尾ひれがつきすぎだ。

エミリアが通っても、モンスターが一瞬でこま切れになるぐらいだし、冒険者だって子供扱いしなければ殴り倒されるようなことはない。

「…………」

そう考えると、そこまで尾ひれがついたわけでもない……か？

ギルドマスター……シモンの話に関しては誇張されすぎだけど。

兵士たちはビクビク怯えながら奥の方を指差し話を続ける。

「お、奥の方に、大きなモンスターが出現いたしまして……」

「そうか。じゃあ行くぞ」

エミリアが歩き出すと、まるで女王に付き添う従者のように、兵士たちは付いていく。

俺は声を殺して笑いながらのんびりと歩き出す。

「ったく、なんで変な噂が流れてんだよ」

近くで戦っている兵士たちを助けるために、ぶつぶつ言いながらもエミリアはゴーレムを細切れにしていく。

助けられた兵士たちは口をあんぐりさせ、後ろから付いてくる兵士たちはその実力に衝撃を受けていた。

「エミリアがそれなりのことをしているからではないですか？」

ティアが刀を納刀し、チンッと音が鳴ると、ズズズと近くのゴーレムの身体が、胸辺りで真っ二つになる。

「どういう意味だよ」

「そのままの意味でございます」

ティアの刀捌きに驚嘆の声を上げた兵士が、ふと何かを思い出したかのように口を開いた。

「あ、あの美女……知ってる。この間もモンスターと戦っているのを見かけたぞ」

ティアはくいっと眼鏡を上げ、エミリアに勝気な視線を送る。

「普段から丁重《ていちょう》さを心掛けていれば、あんな噂など広がらないと言うのに」

ぐぬぬと悔しがるエミリア。

「あ、俺も見たぞ。確か『にゃーにゃー』言いながらモンスターを倒していたな」

「………………」

真顔で顔を赤くしているティア。

エミリアはケラケラ笑いながらゴーレムを切り伏せていく。

「にゃんにゃん言いながら敵を倒してるのかよ、お前」

「……記憶にございません」

「それなりのことをしてるからそう言われるんだろ」

赤面したままのティアがゴーレムに飛びかかり、縦真っ二つに切り裂く。

着地し、背後にいるゴーレムも返す刃で仕留めてしまう。

「………………」

いがみ合いながら先へ進んで行く二人を見て、兵士たちは唖然としていた。

「ゴ、ゴーレムをあんなあっさりと……」

「もう遊び半分じゃないか……」

俺も苦笑いしながら二人の後を付いていく。

もっと仲良くできないものかね。

仲良くして連携を取れれば、もっと効率良くモンスターを倒せるというのに。

その後も圧倒的な強さでゴーレムを倒していく二人。

そしてあっという間に大型モンスターのいる比較的広い空間へと到着した。

そこにいたのは黒く巨大な肉体に闇のような黒い翼。

易々と人の身体を切り裂いてしまいそうな爪に重量感のある尻尾。

畏怖の念を抱かざるを得ない、血のような紅い瞳。

それは、ブラックドラゴン。

Bクラス上位に位置し、闇の炎を使用する、凶悪なモンスターだ。

灯りを持っている兵士たちはブラックドラゴンの姿を見てゴクリと息を呑む。

「ブラックドラゴンかよ」

兵士たちとは対照的に面倒くさそうに嘆息するエミリア。

ティアはさすがに手に負えない相手だと判断し、ソードモードに変形し俺の手の中に収まる。

尻尾をバタンバタン左右に振り、こちらを威嚇してくるブラックドラゴン。

俺はブルーティアを構え、エミリアはレイピアを抜く。

「ゴォアアアアア!!」

洞窟中に響きそうな耳障りな咆哮を発し、ブラックドラゴンは駆け出した。

「来るぞ、アル」

「分かってる」

エミリアは余裕の微笑を浮かべながら、レイピアを構える。

「そんな一直線に突っ込んできていいのかよ？」

そう言ってブラックドラゴンに向かって一直線に突っ込んでいくエミリア。

お前もいいのかよ、と心の中でツッコんでおく。

ブラックドラゴンよりも迅《はや》い動きで距離を詰めるエミリア。

とうとう敵と衝突する。

そう思った瞬間だった。

「――!!」

ブラックドラゴンを迂回するように、背後の暗闇の中から白いドラゴンがエミリアに向かって襲いくる。

「っ――ホワイトドラゴンまでいるのかよ！」

ホワイトドラゴン。

それはブラックドラゴンを白くしたような外見で、ブラックドラゴンと同じくBクラス上位のモンスター。

一緒の場所にいることなどないはずなのだが……。

しかし、今はこうして目の前に揃って登場している。

否が応でも、やらざるを得ないだろう。

白い炎を放射しながらホワイトドラゴンは飛翔する。

エミリアは咄嗟のことに一瞬驚きはしたが、それを軽いステップで避けてしまう。

「どれだけ威力があるか知らないけど、当たらなきゃ意味はない」

これがエミリアの凄いところだ。

人並外れた反応速度と、それに対応することができる身体能力。

敵に向かって一直線に突っ込むような女性だが、瞬時の判断力と身体能力が優れているため、想像以上の結果を出してしまう。

今も普通だったら炎を喰らって致命傷を受けているところだが、気楽に回避してしまった。

そこからブラックドラゴンの追撃の黒い炎がエミリアの眼前まで迫る。

「だから――当たらなきゃ意味ないんだよ！」

ブラックドラゴンの炎も、サッと横に回避してしまうエミリア。

そしてその勢いのまま駆けていき、相手の左後ろ脚にレイピアを突き刺した。

「グオオオオッ！」

「ちっ！　浅かったか！」

そのまま俺の方に走り寄るブラックドラゴン。

俺は相手を迎え撃つように【神剣】を構える。

「うわあああ！」

「？」

上がった悲鳴に背後を向くと、なんとホワイトドラゴンが兵士たちに襲いかかっていた。

撒き散らされた炎によって、数名の兵士が炎上している。

ホワイトドラゴンはドシンと大地に降り立ち、今度は周囲に炎を吐き出した。

「エミリア、こっちのドラゴンは頼む」

「ＯＫ！　頼まれた！」

シュンッと素早い動きでブラックドラゴンの横についたエミリアは、光を纏ったレイピアで相手の腹部を数回突き刺した。

「グオオオオン！」

痛みに鳴き、走る足を止めてエミリアの方向を向くブラックドラゴン。

俺はブルーティアをアローモードに変更し、走りながら弓を引き絞る。

【スネークショット】」

左右に波打つような軌道を取り、矢が飛翔していく。

矢はホワイトドラゴンの右肩辺りに突き刺さり、奴は炎を止める。

「今だ、かかれ！」

動きが止まったホワイトドラゴンに向かって、兵士たちが総攻撃を仕掛けた。

だが、彼らの剣も槍も魔術も、ホワイトドラゴンの硬い鱗に弾かれるばかりで、効果はない。

「バ、バカな……」

「俺たちの攻撃が……効いていない⁉」

驚愕する兵士たち。

ホワイトドラゴンはその兵士たちを薙ぎ払うために、爪を横に振るおうとしていた。

「危ないから下がってなよ」

が、俺がその爪を矢で貫き阻止する。

ホワイトドラゴンは悲鳴を上げながら、ギロリとこちらを向く。

焦り、そそくさと距離を取る兵士たち。

俺はブルーティアをソードモードに戻し、さらに距離を詰める。

「ゴオオオオッ！」

白い炎を吐き出すホワイトドラゴン。

俺はそれを避けることはせず、正面から直撃を受ける。

「ああ！　アルベルトさんが！」

「い、いや！　よく見ろ！」

兵士たちは炎に直撃した俺を心配する声を上げている。

だが、ブルーティアの防壁によりその炎は俺には届いていなかった。

肌に熱を感じはするものの、髪の毛一本たりとも燃えてはいない。

「あ、あんな攻撃を食らってもビクともしていない……」

「どうなっているんだ、あの人は……」

俺はホワイトドラゴンに斬りかかろうと暗黒の力を剣に纏わせた。

すると、横からブラックドラゴンが物凄い勢いでホワイトドラゴンの方へと飛翔する姿が目に映る。

いや、違う。飛翔しているんじゃない。

ブラックドラゴンが物凄い勢いで吹き飛んでいる。

エミリアが蹴り飛ばしたのだ。

そこには技術もくそもない。

ただ力任せに蹴りを放ち、ブラックドラゴンを吹き飛ばしたのだ。

これが【神力】の能力。

人間を超えた、化け物じみた怪力の持ち主だ。

俺は呆れながらも、剣を下段に構える。

『エミリアは規格外もいいところですね』

「まったくだ」

ブラックドラゴンはホワイトドラゴンに激しく衝突して、ゴンッという凄まじい音を鳴らし、絡み合うように倒れてしまい互いにその場から動けなくなっていた。

「エミリア、一気に決めよう」

「ああ」

瞬時に俺の隣に移動してきたエミリアは、レイピアに光を宿し、俺の方へ不敵な笑みを向ける。

そしてエミリアはドラゴンたちの左側に移動し、俺は右側に移動する。

エミリアと俺とで相手を挟み込み、同時に強力な一撃を放つ。

「「【クロススラッシュ】！」」

交差する光と闇の剣閃がドラゴンたちを切り裂く。

ブラックドラゴンの首が飛び、ホワイトドラゴンの胴体が二つに分かれる。

俺たちの一撃で、二匹のドラゴンは一瞬で絶命した。

ブルーティアに吸収されるドラゴンをポカンと見上げる兵士たち。

「……す、すごい……凄すぎだ！　この二人は！」

「俺たちじゃビクともしなかったドラゴンたちをこうもあっさり！」

「エミリア・スタウト……噂以上の化け物だ！」

「いや、アルベルトさんも噂以上じゃないか!?」

兵士たちの声が鍾乳洞にこだまする。

うるさいほど大騒ぎする兵士たち。

俺は苦笑しながら一つため息をつく。

ティアは人間の姿に戻り、眼鏡をくいっと上げた。

「今回も楽勝でしたね」

「ああ……だけど、少々問題が発生しそうだ」

「問題……でございますか？」

俺は親指でエミリアの方を指す。

するとティアは「ああ」と短く漏らした。

兵士に化け物呼ばわりされて、鬼の表情をしているエミリア。

小さな体でズンズンと大きな足音を立てながら兵士に近づいていく。

俺は嘆息しながら、もう一つの目的を果たすため周囲を見渡す。

丁度ここは銀鉱が採れる場所らしく、キラキラと銀色に光る石が無数に見える。

以前、鉄鉱石を入手した時のようにアローモードで回収していくか……。

しかし今回は町の皆の装備を賄《まかな》えるぐらいの数を回収しておきたいところだ。

また回収に来ればいいんだろうが、効率が悪いのはどうも好きじゃない。

一回で済ませられるようないい方法はないものだろうか。

俺はティアに、便利な機能がないのか尋ねてみた。

「ティア、銀鉱を一気に回収できるようないい機能はないか？」

「そうでございますね……力任せに鍾乳洞を破壊するというのはどうでしょうか？」

「……効率は悪くないかもしれないが、もっと穏便《おんびん》にいきたい。こんな天然の洞窟を壊したくはない」

ティアは「冗談でございます」と呟き、こほんと咳払いしてから話を続ける。

「【探索】と【範囲回収】を習得することをお勧めいたします」

「【範囲回収】……？」

エミリアに雷を落とされている兵士たちを横目に、俺はティアに聞き返す。

「はい。一定範囲にある【探索】で認識した素材を一度に回収できるサポートでございます」

そんな便利な物が……跳び上がりたくなるほど嬉しい機能だ。

俺は喜びを隠すことなく、笑顔でティアに命じる。

「では【探索】と【範囲回収】の習得を頼む」

「かしこまりました。ですが一つだけ覚えておいてください。これはご主人様単独では使用できないサポートでございます。勿論私たち【神剣】も単独での使用は不可能となっております」

「了解。覚えておくよ」

ポワッと光るティアの体。

現在ティアが近くにいるため、【探索】と【範囲回収】は発動可能となっている。

【神剣】の力は原則的に所持していない状態では使用できない。

しかし、サポートの【遠隔接続】を習得しているため、数メートルほどの距離にいる場合のみ、技能の使用ができる。

俺は早速【探索】を発動させた。

周囲の壁が半透明に見え、『銀鉱』がある場所がハッキリと分かる。

俺は「おお」と感嘆の声を上げながら、次に【範囲回収】を発動させた。

するとティアの体がうっすらと光り、周囲の『銀鉱』がティアに吸い付くように引き寄せられていく。

「な、なんだあれは……」

「まさか……鉱物を回収しているのか……？」

「そうだとすると、凄すぎだろ……」

エミリアに怒鳴られていた兵士たちが驚きの声を上げ、銀鉱を回収する様子を呆然と見ていた。

エミリアもさすがに驚いたらしく、ポカンと口を開けている。

範囲内の採集が終わり、ティアは一度エミリアの方に視線を向け、くいっと眼鏡と口角を上げた。

「モンスターを倒すだけではなく、素材の回収もできるとなると、ご主人様はさぞお喜びでございましょう」

「ああ。助かるよ。ありがとう、ティア」

「わわわ、私だってドラゴンを倒したぞ」

「私もドラゴンは倒しましたが？」

「倒したのはアルと私だ」

二人はお互いに近づいていき、バチバチと激しい視線をぶつけ出す。

兵士たちは戸惑うばかりで何も言えないでいた。

俺は大きなため息をつきながら二人に言う。

「まだ素材の回収も終わってないんだ。喧嘩なら後にしてくれ」

二人は同時にそっぽを向き、速い動きで距離を取る。

一体何が原因で二人は仲が悪いんだ……理解に苦しむよ。

◇◇◇◇◇◇

ティアが鍛冶屋に『銀鉱』を手渡したことにより、皆の新しい装備が少しずつ出来上がっていた。

銀色の武器に銀色の鎧。

今までよりも輝きを放つ装備に身を包んだ皆は眩《まぶ》しかった。

「皆さん、また様になってきましたね」

「ああ。どんどん冒険者らしくなってきたよ」

俺とペトラは塔の入り口付近でそんな仲間たちの様子を感慨深く眺めていた。

ローランドに来たばかりのことを考えるとだいぶ変わったな、皆。

通りかかる人を恫喝《どうかつ》したり喧嘩したり不意打ちで襲い掛かったり。

目が合っただけで喧嘩したり不意打ちで襲い掛かったり睨み付けたり。

とにかくまともじゃなかったあの皆が、本当に成長したと思う。

ペトラも同じ考えらしく、うんうん頷きながらそんな男たちの姿を眩しそうに見つめていた。

そうしていると、チェルネス商会から気弱そうな男性が出てきて、ペトラにペコリと挨拶する。

「ペトラさん。私などを雇っていただいてありがとうございます」

「ペトラさんだなんて、呼び捨てで構いませんよ。私はずっと年下ですし」

笑顔でその男性と話をするペトラ。

その人は腰が低く、痩せこけた穏やかそうな人だった。

「新しい働き手の人かい？」

「はい。こちら、ノーマンさんといって、マーフィンから出稼ぎに来たんですよ」

「へー、マーフィンから」

「ノーマンさん、こちらアルベルトさんといって、この町の代表のような方です」

俺の名前を聞いて、ノーマンはギョッと驚き目を見開いた。

え？　俺何かしたかな……。

「そ、そうですか……初めましてアルベルトさん」

「初めまして、ノーマン。覚えることも沢山あるだろうけど、頑張って」

「は、はぁ……」

ノーマンは俺を見てズーンと暗い表情でその場を去っていく。

だから俺、何かした？

「アルさん！」

ローズがロイたちを引き連れて、ルーズの森に訓練に行っていたのだが、帰還したようだ。

ロイたちはボロボロになってはいたが、それ以上に勇ましい瞳の方が目立っていた。

少しずつだけど、戦士の顔つきになってきたような気がする。

「どうだ、ロイ」

「はい……ちょっとずつですけど、強くなってきたような気がします」

ロイは両手をグッと握り締め、その手を見下ろしながら続ける。

「僕、自分のためだけに強くなろうと思ってたんです。す、好きな子を振り向かせたくて、もう皆からバカにされるのが嫌で……でも今は違うんです。今はボランさんみたいに、誰かを守るために力が欲しい。そう思ってから以前はできなかったことまでできるような気がして……人って、自分のためだけじゃなくて、誰かのための方が強くなれるんですね。それを、ボランさんから教えてもらったような気がします」

俺は高揚してそう言うロイに頷く。

「自分のためだけでは力は出ない。他人のためだけでも力は出ない。人が一番力を発揮するのは、自分と他人のために動く時だ。だからロイ、これからも自分と他の誰かのために訓練を続ければ強くなれるよ」

「……はい！」

決意を秘めた瞳で力強く頷くロイ。

俺はそんなロイを見ながら、この子は絶対に強くなるという確信を得ていた。

その理由の一つにロイのスキルが関係していたからだ。

【可能性の卵】――

それが羽化《うか》すれば、ロイはとんでもない力を手に入れることができるはずだ。

エミリアと同じユニークスキルの持ち主。

弱いままのわけがない。

ロイがこれからも諦めず、高みを目指し続けることができたのならきっと……。

俺は将来のロイの姿を想像し、身震いをする。

どれだけの力を手に入れるのだろう。

どれだけの男に成長するのだろう。

真っ直ぐな瞳を持つロイを、俺は目を細めて見ていた。

「ロイ～。おかえり～」

「ルルル、ルカ！　ただただただいま……」

ペトラの妹で、ロイと同い年のルカ。

姉と同じ桃色の髪にお下げを二つ作り、エプロンを着けている可愛らしい女の子。

通りがかったルカに声をかけられてガチガチに固まり、真っ赤な顔になるロイ。

俺は固まるロイを見て、苦笑いをした。

さっきまでのカッコいい姿はどこにいったんだ。

だが俺はそんなロイと『落ちこぼれ組』と呼ばれていた男たちに視線を向け、彼らは必ず強くなるとそう信じ、一人静かに胸を熱くさせていた。

第二章

「新しい眷属を生み出すことが可能になりましたが、どういたしますか?」

自身の強化と依頼の兼用でモンスター退治に行っていたティアが帰ってくるなりそう言ってきた。

どうやらブルーティアの性能が上昇し、【眷属】を新たに解放できるようだ。

【眷属】とは新たなる【神剣】を創り出す能力のことで、ローズとカトレアはティアが習得した【眷属】から生み出されたのだ。

優秀な人材が増えるのはこちらとしては願ったり叶ったりなので、もちろん拒否などしない。

「よろしく頼むよ」

「かしこまりました」

ティアは短く頷き、両手を前に突き出した。

すると手から紫色の光が生まれ出し、徐々に剣の形を取り始める。

【パープルデイジー】――それが目の前に誕生した、新たなる【神剣】の名前だった。

紫色をベースに、中央に白色のラインが入っているショートソード。

見た目の迫力には欠けるものの、ブルーティアと同じように、無限の可能性を感じる。

翌日俺はパープルデイジーを片手に、意気揚々と能力の解放に勤《いそ》しんだ。

まぁ四本目ともなると、経験値稼ぎの効率が尋常ではなく、あっという間にヒューマンモードの解放ができた。

人間の姿になるパープルデイジー。

それは女の子の姿をしていた。不快感のない紫色のツインテールに垂れた犬の耳。オドオドしながら周囲を見渡すその顔は、まさに子犬のように大変可愛らしく、守ってあげたくなるような愛らしさをこれでもかというぐらい発している。

服装は俺が選択できるので、異世界の学生服をチョイスしておいた。

白いシャツの上からノースリーブの灰色のカーディガンを着ていて、チェック柄のスカートを穿いている。首元には紫色の宝石が付いたチョーカー。

スカートの少し下ぐらいまで伸びたニーソックスに、黒いローファー。

お尻からは犬の尻尾が生えており、それをふりふり動かしていた。

背は小さいが、胸は大きく、そのアンバランスさにクラッとくるものがある。

「は、はじめまして……お兄ちゃん」

「はじめまして。君のことはデイジーって呼んでもいいかい？」

デイジーは短く「うん」と首肯する。

俺たちは現在、アウタン鍾乳洞で戦闘中。彼女は怯えるように周囲を見渡し、タタタッと俺の背後に回り、背中にピッタリとくっついてくる。

彼女の体温を背中に感じ、俺の心臓が一瞬跳ね上がった。

「怖いよ……」

ウルウルしながらデイジーは俺を見上げる。

なんだ、この全力で守ってあげたくなる気持ちは。

「とりあえず、ローランドに帰ろうか」

涙目でうんうん頷くデイジー。

俺はほっこりしながら、自室との空間を繋げる。

ローランドの自室に戻り、ホッとため息をつくデイジー。

これから彼女には戦ってもらわなければならないのだが……。

この子にやれるか？　こんな怖がっていて、モンスターと戦えるのだろうか？

「デイジー。モンスターと戦うことはできるか？」

「うん……お兄ちゃんのために頑張るよ」

両手を胸あたりでグッと握り、健気にデイジーはそう言う。

なんていい子なんだ……。

妹力が高すぎて甘やかしてしまいそうにもなるが……ここは我慢だ。

彼女にもやってもらいたいことがある。

まずはデイジーの武器を用意しなければ
それにティアたちにもそろそろ武器を新調してやらないとな。

俺はティアに【通信】で話しかけることにした。

目を閉じ、ティアをイメージし念じる。

（ティア。今大丈夫か？）

（にゃははは。もっともっと頑張って、ご主人様に褒めてもらうにゃ。エミリアとの差をつけるにゃ～！）

（……ティア？）

（……なんでございましょう、ご主人様）

また何事もなかったかのように平然と答えるティア。

誤魔化せているとでも思っているのだろうか？

まぁどちらでも構わないけど。

（【錬金術】を使用したいから戻ってきてくれないか？）

（かしこまりました）

冒険者たちの分は鍛冶屋に武器を作ってもらっているが、ティアたちは別。

普段よく働いてくれているお礼も込めて、特別製の物を俺が作ってやろうというわけだ。

ティアはどこかの森でモンスターと戦っていたらしく、空間を開けて自室へと戻ってきた。

「ティアお姉ちゃん……はじめまして」

「はじめまして、デイジー」

デイジーは無垢な笑顔でティアの胸へと飛び込んだ。

ティアは穏やかな表情でデイジーを包み込む。

仲のいい姉妹といった感じだな。

俺はその様子を微笑ましく見守っていた。

「ご主人様、何を作成されるおつもりですか？」

「皆の武器を新調しようと思っていてな。ティアとカトレアとデイジーの分だ。ローズの武器はまだ十分通用するだろう」

ティアは俺に礼を述べ頭を下げる。

さて。

彼女たちになんの武器を用意するかな。

ティアに【収納】の中身を確認させてもらいながら、新しい武器のことを思案する。

そして辿り着いた答えは――

ティアにはギガタラスクの鱗を使った【亀龍刀《きりゅうとう》】。

Aランクの武器で攻撃力は770。

追加性能は防守値が150上昇するというものだ。

カトレアはホワイトドラゴンの牙を使用した【白龍の弓】。

性能はB+で攻撃力は350、魔力は50上昇する。

デイジーには鍾乳洞で銀鉱以外に採れた魔鉱石というものを使用し【ウィザードロッド】を作成した。武器のランクはBで、魔力値が250上昇する。

なぜロッドにしたかというと、デイジーみたいな可愛い子は敵に接近して戦うなどもってのほか、魔術などで遠距離から安全に攻撃してもらいたい、という思惑だ。

って、いきなり溺愛しすぎてしまっている気がするが……まあいいか。

ウィザードロッドはデイジーの身長と同じぐらいのサイズで、それを手に取った彼女はおっとっととよろける。

俺の方を見て、少し恥ずかしそうにはにかむデイジー……うん。可愛いぞ。

武器が出来上がったのでカトレアを呼び出すと……武器はそっちのけ、デイジーを見るなり抱きついて頬ずりをしだした。

「かーわーいーい！　デイジー可愛いよぉっ」

「えへへ。カトレアお姉ちゃんも可愛いよ」

スリスリ頬ずりをしまくるカトレア。

デイジーは困ったような顔はせず、嬉しそうに頬ずりを受け入れていた。

もう、皆が溺愛してるな。

いやしかし、この圧倒的可愛さの前では仕方がないというものだ。

「あ、アル様。これが私の新しい武器ですね」

「ああ。以前の物と比べると、数段強力なはずだよ」

カトレアはようやく新しい武器に反応を示し、弦を引いて使用感覚を確かめていた。

大変気に入ったようで、可愛らしい笑顔をこちらに向ける。

デイジーとは違う、人に好かれることを理解した計算的な笑顔。

だけど見ていてキュンとするんだものな。

ズルい笑顔だ。

「デイジー。明日は一緒にモンスターを狩りに行こう。俺が援護するよ」

「ありがとう、お兄ちゃん」

そして帰還したローズもデイジーを見るなり、彼女を抱きしめていた。

「な、なんと愛らしい奴！」

「ローズお姉ちゃん……」

その夜はデイジーと一緒に誰が寝るかで揉めに揉め、大騒ぎしっぱなしだった。

結局カトレアがじゃんけんに勝ち、デイジーを抱きしめながら眠りにつく。

本当、どれだけ溺愛されるんだよ、この子は……。

◇◇◇◇◇◇

翌日の朝、外はどんよりとした曇り空。

ギルドで昨日の分の報告を聞き、チェルネス商会に行って売上や働き手の人たちの様子を聞く。

普段ならここからギルドや商会の人々、そしてマーフィンの方で働く人たちとコミュニケーションするのだが……今日はデイジーのサポートに行く予定だ。

【神剣】としての性能はまずまずと言ったところだが、彼女自身のレベルは生まれたてということもあり1だ。

お兄ちゃんとして、【神剣】の主として、全力でサポートしてやらねばなるまい。

俺は意気揚々と、デイジーが現れるのを塔の前で待っていた。

「おう、アル！」

「ボラン。おはよう」

ボラン・ボウラン。赤髪をツンツンに立て、全身鎧姿に大きな盾を背負っている長身の男。

彼は町の巡回や、町の人たちの騒ぎを収める自警団をやってもらっているのだが……とにかく人相が悪い。

見た目は極悪人で口まで悪い。だが中身は驚くほどの善人。

見た目と中身がちぐはぐだがいい奴である。

そんなボランは俺に声をかけてはきたが、何かを探すかのように周囲をキョロキョロと見回し始めた。

「どうしたんだよ？」

「どうしたもこうしたもねえんだよ！　ガキが一人いなくなったんだよ！」

ガキ……というのは、察するにキャメロンが世話をしている孤児のことであろう。

「こんな朝っぱらから？　どこかに行ったのか」

「それが分かんねえんだよ！　今朝早く別のガキが俺んち来てよ、一人いなくなったって大騒ぎしてんだよ！　分かったか！　ああっ!?」

「なるほど。よく分かったよ」

相変わらず口が悪い。

俺は苦笑いしながら一緒に捜すのを手伝おうかと考えるが、デイジーに言っておかないと。

【通信】を使い、デイジーに連絡を入れようとしたまさにその時だった。

「お、おまたせ」

塔から出てくるなり、たたたっと可愛らしく駆けて俺の背中に抱きついてくるデイジー。

その大きな胸の柔らかさと体のぬくもりに体温が少しばかり上昇する。

「なんだこの女は！　可愛いじゃねえか、ああっ!?」

「ひぃっ……」

ガラの悪いボラン。

デイジーは彼に怯え、俺の背中に隠れるようにして震えている。

こんな可愛いデイジーを怖がらすとは……と言いたいところだけど、ボランに悪気はない。

こういう奴だとデイジーに理解しておいてもらわないと、これからが大変だ。

「デイジー。このお兄ちゃんはボランといって……見た目は怖いけど優しいんだよ」

「そ、そうなの……？」

俺の背中からチラリとボランを覗き見するデイジー。

だがボランのギロリと人を殺しそうな視線に、またサッと隠れてしまう。

「ま、まぁ徐々に慣れればいいさ。それよりデイジー。人捜しをしないといけなくなったんだ」

「人探し？」

「ああ。子供が行方不明になってしまってね。今からその子を捜さなければならない」

「…………」

デイジーは俯き、思案顔をして、また俺を見上げてくる。

「どこにいるか分からないんだよね？」

「ああ。そうなんだ」

「だったら、【探知《サーチ》】を習得すれば捜せると思うよ」

「【探知】……スキルか。分かった。じゃあ悪いけど、それを最大レベルで習得してくれるか？」

「う、うん」

デイジーの体が紫色に光り、スキルの習得が完了する。

俺は早速、【探知】スキルを発動させてみた。

「おっ」

目を閉じると、暗闇の中に真っ白な人の形が視える。

女性や男性などもしっかりと判別でき、背の大きさから子供の姿もすぐに分かりそうだ。

「こ、このスキルは、モンスターを捜したりするのに使うんだけど、知っている人ならピンポイントで探すこともできるんだよ」

「そうなのか？」

俺は試しに、デイジーのことを頭の中で思い描いてみた。

すると、デイジーの白い形を除いて、他の全ての形が消え失せていく。

なるほど。これはまた素晴らしいスキルを習得できたものだ。

俺は一瞬ワクワクするが、子供を捜さなければならないことを思い出す。

「それより子供だ」

「おう！　どこにいるんだよ!?」

俺は【探知】で子供の姿を探し始める。

近くに十数人の子供の集まりがあるが……これはキャメロンの家にいる子供たちであろう。

町の中にはちらほらと子供の姿があり、それが捜し人かどうかが分からない。

「判断しにくいな……この町にも結構な数の子供がいるから」

「だったら、片っ端から捜しゃあいいだろうが、ああっ!?」

「そうだな……あっ」

ボランの言う通り、町の隅々まで捜そうかと思ったその時、町の外に子供の影が見えた。

俺は目を開き、ボランを促しながら走り出す。

「ど、どうしたんだよ、ああっ⁉」

「外にいるんだよ！　急がないと、モンスターに襲われたら……」

「なんだと⁉」

俺たちは大急ぎで町の外まで駆けていった。

町の外、草原に茶髪の子供の姿がポツンと見える。

「あ、あぶねえ‼」

その子供はゴブリンに姿を発見され、恐怖に腰を抜かして地面に座り込んでいた。

「ひっ……ボラン……」

涙を流しながらこちらに視線を向ける少年。

ゴブリンは容赦なく、その子供に手に持っている棍棒を振り上げた。

「うわあああ‼」

「お兄ちゃん！」

「っ⁉」

デイジーはいつものオドオドした様子からはかけ離れた、意志の強そうな瞳で俺に声をかけ、瞬時にソードモードへと変化する。

俺はパープルデイジーを振りかぶり、ゴブリンの頭部目掛けて投げつけた。

ザクッとゴブリンの頭に刃が刺さり、パープルデイジーに吸収されるゴブリン。

俺はホッと胸を撫で下ろし、走る足を緩めながら彼に近づいていく。

「ボラン！」

「何やってんだよ、てめえは！　ああっ⁉」

泣きながらボランに抱きつく少年。ボランは頭を撫でながら声を荒らげる。

ヒューマンモードに戻ったデイジーは、そんなボランを怖がり早足で俺の背中へと隠れた。

さっきは一瞬だけ強そうな雰囲気があったがもう戻っている。

というか、なんだったんだ、今のは。

俺はデイジーを背中に感じながら少年に話を聞く。

「どうして町を出たんだ？」

「………」

ボランに抱きついたままの少年は何も言わずにチラリとこちらに視線を向ける。

俺は笑顔を向けて、話をするのを静かに待った。

「マ、ママの誕生日だから……」

「キャメロンの誕生日？　それがどうかしたのか？」

「ママ誕生日で、皆は手作りのプレゼントをあげるみたいなんだけど、僕は何も作れないから、森でグリーンリーフを摘んで、お金を稼ごうと……」

なるほど。

誕生日のプレゼントを買ってあげるために、グリーンリーフを手に入れようとしていたのか。

あれはギルドで買い取りをしてくれるからな。

少しでも金になるにはなるが……一人で町を出たのは褒められたことではない。

俺は少年に何か言おうと思ったが、その前にボランが本気で怒った様子で口を開く。

「てめえ！　何もなかったからよかったものの、もう少ししたら死ぬとこだったんだぞ！　てめえが死んだら、キャメロンも一緒に住んでるガキらも、俺も悲しむんだぞ！　分かってんのか、あぁっ!?」

少年はハッとし、ボランの顔を見上げてさらに涙を流し始める。

「ごめん……ごめん、ボラン。そんなに遠くじゃないからなんとかなると思ったんだ。もう絶対一人で町を出たりしないから……ごめんなさい」

「分かりゃいいんだよ！　だけど約束だぞ！　絶対一人で町を出るんじゃねえ！」

「うん……うん」

わんわん泣く子供の頭を険しい表情で優しく撫でるボラン。

そんなボランの姿を見て、デイジーは何やら彼を見直したような顔をしている。

「少年。名前は？」

「リック」

「リック。これから一緒にスピレイ洞窟にでも行かないか？」

「ス、スピレイ洞窟……？」

キョトンとしているリック。

ボランも意図が読めないらしく、眉を顰《ひそ》めてこちらを見ている。

「これからこのお姉ちゃんとモンスター退治に行くんだ。あそこなら鉄鉱石が採れる。あれを売れば、グリーンリーフよりもいい稼ぎになるぞ」

「ほ、本当!?」

「ああ。リックのことはボランが守ってくれるし、来るなら一緒に来てもいいぞ」

「行く！　一緒に行きたい！」

リックはすごく嬉しそうに手を挙げて言う。

「キャメロンには見つかったとティアから連絡を入れておいてもらうよ。ボランも問題ないだろ？」

「おう！　一緒に行ってやらあ！」

「じゃあ決まりだ。早速行くとしよう」

スピレイ洞窟との空間を繋げると、目の前に洞窟の入り口が現れる。

洞窟の中では川の流れる音が響いており、湿っぽい匂いがした。

デイジーはスピレイ洞窟に入ると【収納】からタイマツを引き出し、それを俺に手渡してくる。

「よくこんなの持ってたな」

そもそもこの洞窟に来るのに灯りが必要なのを忘れていた。

持っててくれて丁度良かったよ。

「ティアお姉ちゃんもカトレアお姉ちゃんもローズお姉ちゃんもあれやこれやいっぱい持っておいた方がいいって……」

「なるほど。ティアたちから渡してもらってたんだな」

とことんまで甘やかすなぁ、デイジーのこと。

俺もモンスターを倒すのに付いてきているから、人のこと言えないけど。

タイマツに火を点け、俺たちは洞窟の奥の方を見る。

そこにいるモンスターは二匹。

魚の鱗にヒレがついた人型モンスター、ギルマンと、腐った肉体で緩慢な動きをするグール。

俺とボランはモンスターを視認した時に平然としていたが、デイジーとリックが「ひっ」と恐怖の声を漏らす。

「デイジー。あれぐらいなら問題なく倒せるはずだぞ」

「う、うん……頑張ってみるね」

涙目で俺をジッと見つめるデイジー。

俺はときめきを感じながら、彼女の行動を見守る。

デイジーは一歩前に出て、手に持っている大きなロッドを前に突き出す。

「ロ、【ロックシュート】！」

ロッドが土色の淡い光を発すると、何もない空間から岩が生まれ出る。

くいっとデイジーがロッドを前に押すように動かすと、岩がギルマンに向かって飛翔していく。

ギルマンは【ロックシュート】を食らい、一撃で倒れ、粒子となってデイジーに吸収される。

「や、やったー！」

控えめに跳びはねながら喜ぶデイジー。

俺はそんな可愛いデイジーの頭を撫でてほっこりする。

「ちょ、ちょっとアル兄ちゃん！　モンスターが来てるよ！」

デイジーの攻撃に反応したのか、ギルマンとグールがこちらに向かって動き始めていた。

焦るリックと、ビクッと反応するデイジー。

しかしボランが前に出て、盾でモンスターを殴り倒してしまう。

俺も前に出て、蹴りでギルマンとグールを蹴散らす。

「デイジー。少しずつでいいから敵を倒していってくれ。そうすればデイジーはずっとずっと強くなれるはずだから」

「うん」

俺とボランでデイジーとリックを守りながら先に進んでいく。

と言っても俺たちはサポート。本来の目的はデイジーに強くなってもらうことだ。

極力彼女にモンスターを倒してもらい、俺は迫る敵を倒すだけ。

そうこうしているとデイジーの実力が上昇してきたのか、魔術を使ってどんどん一人でモンスターを倒し、途中からあまりサポートも必要なくなってきた。

デイジーは【火】【水】【風】【土】の四大元素の魔術を全て使用でき、さらには【回復】まで習得してしまい、魔術のエキスパートの第一歩を歩み始めようとしていた。

しかし成長が早い。

以前、ティアになぜ【神剣】たちは成長が早いのかと尋ねてみると、サポートの【成長加速】がある程度影響しているとのことだった。

武器形態の時ほど爆発的な成長速度はないにしろ、ヒューマンモードでもその恩恵にあずかれるらしい。

なので普通の人よりも成長速度が早く、こうしてサクサクとデイジーは強くなれるようだ。

「アル兄ちゃんもボランもだけど……お姉ちゃんも才能があって羨ましいよ」

リックは成長していくデイジーを眺めながら肩を落としてため息をつく。

「どうしたんだよ、いきなり？」

「だって、家でも僕だけ何も才能なくてさ……他の皆は裁縫ができたり、錬金術を覚えたりして……僕だけ何もないんだよ。何もできないんだよ」

「才能なんて言葉に大した意味はないよ。何かをやりたいと思っているのなら必要なのは根気だ。今だけ優れている人は沢山いるんだけど、将来飛び抜けるには根気があれば大丈夫。将来のために時間を投資する。ほとんどの人がこれをできないから、やるだけでいつか人より秀でた人間になれるよ」

リックは「ふーん」と言うだけでピンときていないようだった。

まだ少し難しかったかな。

「根気、か……それも僕にはないなぁ」

さらに肩を落とすリック。

俺はそんなリックの肩を抱き、真っ直ぐ目を見て話をする。

「リックは何かやりたいことがあるのか？」

「ん〜、ないかな」

「そっか。何かをやり遂げようとするのなら根気は必要だけど、平凡な生き方を望むのならそれも必要ない。人間、一番大事なのは優しさだ。それがあれば他には何もいらないぐらいだ」

「優しさ？」

リックは俺を見上げて首をかしげる。

俺は頷き、優しく続ける。

「生きていくうえで、他人に、そして自分に優しくする心があればいいんだよ。キャメロンはリックたちに優しいだろ？」

「うん……」

「それは、リックにとって嬉しいことかい？」

「嬉しい。優しいママは大好き！　あとボランも！」

「な、なんでそこで俺の名前が出てくんだよ、ああっ⁉」

照れるボランはそっぽを向き、デイジーに何か起こらないか慎重に周囲を見渡している。

それが優しいってことだよ。

俺とリックは彼の後ろで笑い合う。

「な？　優しいだけで人を幸せにできる。人間、それだけあれば十分なのさ」

「……僕に優しさなんてあるかな？」

「あるさ。キャメロンを喜ばせようと森に向かっただろ？　それが優しいってことだよ。他人のことを想ってあげられる気持ちこそが優しさだ」

「そっか……そうなんだ！」

「人を傷つけず人に優しく。やられて嫌なことをせず喜ぶことをする。これを覚えておけば、リックならこれからも大丈夫だよ」

「うん、分かった！」

先ほどまでの暗さが嘘のようにパッと表情が明るくなるリック。

そんなリックの顔を見て、俺も嬉しくなり、笑みをこぼしながらデイジーの方に視線を戻す。

するとすでに最奥付近まで来ていたらしく、鉄鉱石がいくつかキラキラと光って見える。

「じゃあ鉄鉱石を採って帰ろうか」

◇◇◇◇◇◇

「ただいま、ママ！」

「リック……！」

ローランドに帰り、買い物を済ませた後、夕方時分にリックたちが住むキャメロンの家の前までやってきていた。

家は木造の一階建てで、広いとは言い難い小さな建物。

数人の子供たちは保護者であるキャメロンと共に住んでおり、窮屈な思いをしているかもしれない。しかし、小さくても大きな愛に包まれた素晴らしい家である。

子供たちの面倒を見るキャメロンは美しく長い銀色の髪、誰もが見惚れる飛び抜けた容姿、スタイルも抜群に良く、孤児である子供たちの面倒を無償で見ているという、愛と優しさを併せ持つ美女だ。

彼女に好意を抱く男性は町に数多くいるらしく、今も家の前を通りかかった男性が「可憐だ

「……」などとキャメロンに釘付けになりながら歩いている。

そしてボランも彼女に好意を抱いており……本人はバレていないつもりだが、彼女を前にすると、顔を夕焼けのように真っ赤に染めるのでバレバレだ。

今もそっぽを向きながら顔を赤くし、ちらちらとキャメロンの方を見ている。

当のキャメロンは膝をつきリックを抱きしめ、ちょっぴり涙を流していた。

「バカ！　なんで一人で出て行ったの！　心配かけて……」

「だって……ママにプレゼントをあげたかったから……」

リックはキャメロンから離れ、背中に隠していた花束を彼女の前に優しく突き出す。

「ママ。誕生日おめでとう」

「リック……ありがとう」

ぐすっと鼻をすすりながらキャメロンは花束を受け取る。

「ボラン……アルもありがとう」

「べべべ、別にお前のために助けたわけじゃねえんだよ!!」

「ははは。リックのことを本気で心配していたけれど、キャメロンのためでもあるんだ——」

「てて、てめえ、アル！　あることないこと言ってんじゃねえ！　ああっ!?」

ボランは大慌てで俺の口を塞ぎ、キャメロンや子供たちは心底楽しそうに笑っている。

「あ、ママ。これも」

「え？」

リックは布の袋にどっさり入ったお金をキャメロンに手渡す。

目を点にして、こちらを見るキャメロン。

「ああ。今回の報酬は全部リックにあげたんだ」

「なんで……？」

「ボランの提案さ」

「お、おい！　アル！」

ボランがギロッと睨んでくるので俺は苦笑いを浮かべながら話を続ける。

「俺たちはリックの手伝いをしただけだよ。大好きなママの誕生日プレゼントを買うための仕事の手伝いをね。それは花を買ったおつりだ。また生活費にでも使ってくれ」

「アル……ありがとう。本当にありがとう、ボラン」

目を潤ませてボランを見つめるキャメロン。

ボランはプシューと沸騰しそうな勢いで顔を赤くしている。

それを見ていたデイジーはコロコロ笑いながら俺に言う。

「ボランお兄ちゃん、いい人なんだね」

「ああ」

「……見た目は怖いけど」

赤い顔のボランを見ながら俺の背中に隠れるデイジー。

どんな人間か分かっても、怖いものは怖いか。

俺はデイジーの頭を撫でながらボランたちのやりとりを穏やかな気持ちで眺めていた。

◇◇◇◇◇◇

デイジーが誕生してから、ひと月ほどの時間が経過した。

ローランドの町はさらに発展し、現在も建物は建造、増築を繰り返している。

皆それぞれ住む場所を手に入れたので、中央のチェルネス商会には以前まで人が住んでいたが、今はここに住む人もいなくなっていた。

チェルネス商会としてはこれまで半分ぐらいの面積しか使用できなかったが、これで建物全てが仕事のための施設となったというわけだ。

町も活発化し、マーフィンやレイナークから観光というか、見学に来る人も随分増えた。

これは観光に来た人を対象にした商売も考えた方がいいかもな。

俺は昼過ぎの塔の前で、行き来する人々を観測しながら歓喜していた。

まだまだ町は良くなっていくぞ。

そんなことを考えていると、デイジーが空間を広げてフェリスと共にマーフィンから帰ってくる。

「お兄ちゃん、ただいま」

「おかえり、デイジー」

彼女は俺の姿を見るなり、尻尾を振りながら俺の胸に飛び込んできた。

頭を撫でてやると、嬉しそうに体と尻尾を揺らしている。

なんて可愛い生き物なのだ、この子は。

現在デイジーには、マーフィンのギルドで冒険者たちの訓練と支援を任せていた。

後はゴルゴがザイたちに手を出さないか少々心配していたので、守ってもらおうと考えていたのだが……。

どうやら『国王のお墨付き』というのがよく効いてるのか、手を出してくる気配は一切なく、平穏無事に商売を続けられている。

デイジーはオドオドしていて、自信なさげに見えるが、仕事の方はビックリするぐらいできるらしく、皆驚いていた。普段の弱々しい雰囲気からは想像できないぐらい、キビキビ動くとのこと。

以前、一瞬だけその姿を垣間見たような気がするが、もしやデイジーにはスイッチのようなものがあるのではないだろうか。ある条件下……仕事を任された時やここ一番の時だけに入るような、そんなスイッチを持っているのかもしれない。

そんな可愛いデイジーと共に帰ってきたフェリスはあまり元気がない様子だった。

「どうしたんだい、フェリス」

「ああ、アル……ギルドの皆が、やる気を出してくれなくて困っているの」

フェリスにはマーフィンでギルドマスターに就任してもらっていた。

彼女は仕事をキッチリ、バッチリ、しっかりこなす人なのだが……なるほど。

部下の扱いに困っているのだな。

俺はギルドでテロンさんを呼び出し、彼女の悩みを伝えた。

テロンさんはギルド前でフェリスと対面し、彼女の話を聞き始める。

俺もひんやりする塔の壁にもたれかけながら聞き耳を立てた。

「……なるほどなぁ。皆がやる気を出さない、と」

テロンさんは彼女の話を頷きながら、真剣に聴いていた。

俺がフェリスの対応をしてもよかったのだけど、ギルドのことはテロンさんに完全に任せている。

任せているということは、無駄に口を挟まないということ。

口を出せば、テロンさんは自分を信じていないのかと思うだろう。

だが口を出さなければ、信じているということを信じてもらえる。

だからここは口を出さない方が賢明なのだ。

ただテロンさんを信じ、彼に全てを任せるだけだ。

「あれだよ、あれ。モチベーションを管理してやらなきゃなんねーんだよ」

「モチベーション……管理？」

「ああ。やる気がねえってのは、『仕事頑張っても意味ねえ』って思ってるってことだろ？」

「まぁ……確かに」

「だから、相手の『やる気』とこっちの『やってほしいこと』を直結させてやればいいんだよ」

「やる気と、やってほしいこと……」

顎を撫でながらフェリスは唸る。

テロンさんは以前、冒険者のローズ派とカトレア派の人たちのやる気に上手いこと火を点けていた。

頑張ればローズとカトレアが振り向いてくれるかも。

これは冒険者たちにとってはやる気を出すに十分な理由だった。

そしてテロンさんは、皆にギルドの仕事をやってほしいと考えている。

冒険者はローズたちのために頑張り、テロンさんは仕事をしてもらうことによってギルドに得が生まれる。まさに互いの利害が一致している状態だ。

こうやって利害を一致させていけばどんどん相乗効果が生まれ、組織というのは大きくなっていく。自分のためだけではなく、相手のことも考える。

それこそ最高の組織作りの基本であり秘策でもあるのだ。

「コラッ！　荷物持ってやろうか⁉　ああっ⁉」

そこにちょうど、おじいさんにガラ悪く親切にしているボランが通りかかった。

あの口調がなければ言うことないんだけど……でも、あれがボランなんだよな。

ボランの人柄を皆理解しているので、おじいさんも穏やかな声でボランと話す。

「ありがとな、ボラン。だけどこれぐらい自分で運ばないと、足腰がもっと悪くなるってものだ」

「そうかよ！　だったら気をつけて帰れ！　困ったらいつでも言ってこい！」

笑みをこぼしながら去っていくおじいさん。

ボランは俺に気づき、こちらに歩いてくる。

「おう、アル！」

「フェリス。見ておきなよ」

「え？　ええ……」

ボランが俺の前に立ち、眉を吊り上げて見下ろしてくる。

「いつもご苦労様。そういえば、キャメロンも喜んでいたよ。ボランが見守りしてくれているおかげで、子供たちも平穏に暮らせているって」

「そ、そうか……」

「それに、キャメロンに自分の給料をあげてるんだって？」

「おおお、俺は金に困ってねぇからな……子供らに飯食わしてやる方が、よっぽど有意義な金の使い方ってもんだろうが！」

真っ赤な顔で怒鳴るボラン。

キャメロンのためかどうかは知らないけど、子供たちのためにお金をあげるなんて本当にいい奴。

多分、ボランのことだ。キャメロン抜きでもお金をあげていたであろう。

それぐらい彼は、善人なのだ。ガラが悪くても、素晴らしい善人なのである。

「まぁ、ボランのおかげでキャメロンも子供たちも喜んでいるんだ。これからもよろしく頼むよ」

「そ、そんなに喜んでたのかよ……ああっ⁉」

「ああ。それはとっても」

「……そうか。じゃあな！」

顔を赤くして去っていくボラン。

フェリスは「なるほど」と頷きながら感心していた。

「やる気とやってほしいことを直結させる……私、マーフィンに帰って試してみるわ」

「おう。よく人を観察すること。そうすることによって相手の欲しい物を理解してやるんだ」

「そしてそれをこちらのやってほしいことと繋げればいいのね。ありがとう。テロンさん、アル」

ちなみにデイジーは俺に抱きついたままだったりする。

名残惜しそうに離れ、フェリスと共にマーフィンへと帰っていく。

心配しなくても、夜になればまた会えるから。

「マーフィンのことまで面倒見なくちゃならなくなって大変だぜ」

「大変だけど、面白いでしょ？」

「ああ。それは違いねえな！」

ガハハッと大笑いするテロンさん。

俺も愉快な気分になり、一緒に笑う。

「ああ、アルベルトさん……」

明るく笑う俺たちに、暗い声で話しかけてくるノーマン。

この人はいつも暗い顔をしているなぁ。

「ノーマン。ペトラから聞いているよ。すごく仕事を頑張っているらしいね」

「あ、いや……」

ノーマンは何やら、褒められたことがむずがゆいのか、口元を緩めながらも困ったような表情をしている。

「どうしたの？」

「い、いや……仕事で褒められることなんて、今までなかったから……」

そしてどんよりとした顔をし、ノーマンは踵を返す。

「なんで……こんないい子を……」

肩を落としてチェルネス商会へと入っていくノーマン。

そんな彼の背中を見送りながら、俺とテロンさんは首を傾げる。

「何か悩みでもあんのか、あいつ？」

「さあ……」

◇◇◇◇◇◇

フェリスはテロンさんの助言通りに行動を起こし、マーフィンのギルドも勢いづき、ザイの商売も順調過ぎるほどに順調で、もうすでに注目の的となっていた。

何度かゴルゴも偵察に来ていたらしいが、国王のお墨付きなものだから結局何も言うことができず、店を睨み付けながら去っていくようだ。

デイジーの様子を見るついでに、マーフィンにやってきていたが、チェルネス商会の店はもうすでに三店舗に増えていた。

「すごい勢いだね、ザイ」

「ああ。おかげさまでな」

新たな三店舗目、広場に面した店舗を俺とザイで様子を確認していた。

ここも大繁盛で、早くも一〇〇人ほどの人が詰め掛けている。

「炭酸水だけではなく、他の色んな商品もよく売れている。このままいけば……」

「ガイゼル商店も超えられる、か」

「ああ」

この町で一番大きいと言われているガイゼル商店。ゴルゴが経営する、元俺の親父の店。

最近は売り上げが落ちてきて、ゴルゴも怒り心頭だという噂をザイから聞いている。

「ゴルゴという男のことはさほど知らないが、ベラベラと自分の自慢話をする、口が軽い男らしいな」

「商売人なんだから、口は堅い方がいいんだけどな。それ以上にあいつは、自己顕示欲を満たしたいタイプということだろう」

まぁ、皆に認められたいという気持ちは分かるけど、そんな口が軽いと大事なことまで外に漏れてしまうというのに。

口は災いの元。気を付けた方がいいんじゃないか、ゴルゴ。

その口の軽さがお前の命取りになる。

「しかしアルさんのことに関しては、土台を固めているというか……いい噂が流れないように、情報の管理を行っているようにも思える」

「ご苦労なことだね。俺も訂正するの面倒だから、そのままにしてはおいたけど」

「だがそのうち皆、真実を知る日がくる」

「だね」

店の繁盛っぷりをもう一度視認し、ザイに笑顔で言う。

「だけど、これはまたすぐに、新たな店舗が必要になりそうだな」

「ああ。ギルドの方も順調だし、そちらにも商品を取り扱ってもらっているから、売り上げはさらに伸びそうだ。これからもっと大変になるな」

「ははは。それは嬉しい悲鳴だね」

「ついでに、ゴルゴの悲鳴まで聞こえてきそうだな」

「確かに」

俺とザイはふっと微笑《びしょう》しながら、顔を見合わせる。

◇◇◇◇◇◇

ポツポツと暗い雲が見える天気の日、俺はいつも通りローランドの見回りをしていた。

「今日もいい天気だね、ガライ。建物も随分増えたし、立派な物が多い。仕事を丁寧《ていねい》にしてくれているのがよく分かるよ」

「アルさん！　ありがとう！　他の皆も上手くなってきてさ、楽しそうに仕事してるよ！」

「なら言うことはないな。いつもありがとう。そして皆にもそう伝えておいてくれ」

大工のガライは、建造中の建物の上から俺に嬉しそうに手を振っている。

俺が心掛けているのは褒めて伸ばす。仕事をしている人の様子を見ながら、本当のことを褒めていく。嘘を言えば心に響かないが、真実を口にすることによってその人たちは素直に取ってくれる。

事実として、ガライもそうだが皆仕事の技術も効率も凄まじい勢いで向上している。これこそが『褒めて伸ばす』の効力であろう。

俺は俺とてそんな彼らの良くなっていく様子をとても嬉しく思い、にこやかに町を歩く。

「ローザ。お店の掃除がよく行き届いているね。他の店もローザを手本にしてほしいぐらいだよ」

「掃除は毎日頑張ってるからね！　そう言ってもらえると嬉しいよ、アル！」

道具屋を営《いとな》む、初老の女性ローザ。彼女の掃除は素晴らしいもので、本当に他の店主たちに見学をさせているほどだ。

手本があるのはとてもいいことだと思う。ゼロから何かをするより、一の物を手本にした方が技術の向上は早くなる。そして手本とされた人間もまた、そのことに喜びを感じてさらに技術を磨こうと力が入り、良い相乗効果が現れるのだ。

こうやって町ぐるみで成長を続けていけば、ローランドはまだまだ発展するに違いない。

「あ、アルさん。おはようございます！」

「ペトラ。おはよう。仕事の方も順調みたいだね」

「はい。売上がまた上がっているんです。でも改善点もまだあるんですよね」

ペトラは俺の近くで俺のやり方を見てきたので、人を動かす技術が町の皆よりも長《た》けていた。彼女に関してはもう大丈夫だろう。チェルネス商会のことに関して、俺は一切口を出すことはなくなっていた。新しい商品の提案ぐらいはするが、その程度だ。実質商店を回しているのは彼女である。

「あの、アルさん。少し力を貸していただきたいことがあるんですが……」

「力を？　別にいいけど、どうしたんだ？」

そんなペトラが申し訳なさそうに、珍しく俺を頼りにしてきた。こんなこと最近はなかったというのに……。

「実はですね……酒場の酔っ払いの件なのですが」

「……ああ。あいつらね」

はーっと大きくため息をつくペトラ。今はルカに店を任せているのだが、いまだにあそこに入り浸って働かない連中がいる。

ペトラが怒鳴ろうが何をしようが、仕事をしようとしない。まさにダメ人間代表といった連中だ。

「褒めようにもあの人たち……褒められるところが見つからないんですよね。酒が強いって褒めてももっと飲むだけでしょ？　どうしたらいいのか困っちゃって」

困っていると言うペトラではあるが、どちらかと言うと呆れている様子。

「なるほどな……じゃあ俺も一度話をしてみるか」

「ありがとうございます」

ニッコリと笑うペトラ。俺はその笑顔にほんのり胸を高鳴らせながら酒場の方へ向かう。

すると丁度キャメロンがそばを通りがかり、こちらに笑顔を向ける。この人の笑顔も素敵だな。

「アル。今日はどこに行くの？」

「酒場だよ。ちょっとあそこの酔っ払いたちと話をしにね」

「ああ……」

キャメロンは両手いっぱいに荷物を持っている。子供たちに食べさせる食材であろう。俺はそれを彼女から受け取り、酒場へ向かう。

「話が終わったら家まで運ぶよ。それとも、ボランでも呼んで運んでもらおうか？」

「ありがとう、アル。でもボランは忙しいから、こんなことで呼び出すのも悪いわ」

ボランとのことを探ろうと考え、俺は彼の名前を出したのだが……彼のことを否定もしない。むしろ嬉しいまであるみたいだ。これは脈があるんじゃないだろうか。

「ならやはり俺が運ぶよ。とりあえず店に入ろう。子供たちに食べさせる物も用意してもらうよ」

「本当にありがとう」

母性溢れるキャメロンの笑み。子供たちのことを思う彼女の笑顔は、圧倒的な光を発してるようだった。これはボランが惚れるのも分かる。彼女は本当に素晴らしい人だ。

酒場に入ると、ルカが酔っ払いたちを接客している。こんな朝っぱらから酒を飲むとは……俺には考えられないな。楽しみは人それぞれではあるが、これほどまでに堕落しているのはよろしくない。働かずツケで飲み続けるのは健全から程遠い。

俺は少し腹を立て、ルカたちの方へと歩き出す。

「ルカ、おはよう」

「あーアルさん～。おはようございます～」

「朝からお仕事ご苦労さん。いつも大変だね」

「…………」「…………」

「楽しいから大変だなんて思ったことありませんよ～」

「そうか。だったらいいけれど。困ったことがあったらいつでも言ってくれ」

「…………」「…………」

「は～い」

ボーっとしているルカは話のテンポが遅れるもので、どうにも会話がしにくい。ペトラは苦笑いしルカに話しかける。

「ちょっとこの人たちに話があるから、ルカはカウンターの方へ行ってて」

ペトラは妹のルカのことを理解し、どう接すればいいのか把握している。返事をする前に彼女の背中を押す。

「は〜い」

押されながら返事をするルカ。

「ほんと、いつもボーっとして。でも仕事はできるんだから不思議なんですよ」

カウンターで洗い物を始めるルカ。その手の動きは速い。熟練の技術を感じさせる無駄のない動作で作業を続ける。俺は感嘆の声を上げる。

「ペトラでもあんな早く仕事はできないよな」

「はい。酒場のことに関しては、あの子の方がずっと仕事ができるんです。悔しいって気持ちもあるけど、適材適所ですよね」

俺はペトラに頷き、肯定する。

「ああ。ルカにはこの仕事が天職なんだろうな。でも、ルカにはチェルネス商会の仕事は無理だと思う。あれはペトラだからできていることなんだ」

「適材適所か……私、子供たちのこと、上手くできてるのかな」

キャメロンがため息混じりでそんなことを言い出した。俺は笑いながら彼女に言う。

「子供たちの笑顔を見ていれば分かるよ。俺には皆をあんなに笑顔にしてあげることはできない。胸を張っていい。子供たちの面倒を見れるのはキャメロンだからできているんだ」

「……そう言ってもらえると嬉しいわ」

キャメロンと笑顔を向け合うと、俺は手にしていた荷物を空《あ》いているテーブルに置き、酒を飲んでいる男たちの方を向く。

「あの皆さん……お酒を飲むのはいいんですが、ずっとツケですよね？　これからも一生そうやって生きていくつもりですか？」

ペトラが真剣な表情でそう言い出した。

酒を飲んでいる男は四人。彼らは愉快痛快といった様子でペトラに答える。

「俺たちだって働くつもりだよー！　でもこう酒が美味《うま》かったらここから離れられないってもんでさ！」

「違いねぇ！　美味い酒が悪い！　俺たちは悪くねぇ！」

ギャーギャー騒ぐ酔っ払いたち。ペトラは嘆息し、俺の方を見る。

俺は彼らの前に立ち、落ち着いた声で話し出した。

「他の皆は働いているというのに、あなたたちはこのままでいいのかい？　これからもこうやってツケで飲んで、そうやって生きていくのか？」

「ええ？　別に悪いことじゃないだろ、アルさん」

美味しそうに酒を飲みながら男たちは言う。俺は笑顔のままで続ける。

「人に迷惑がかかっているんだ。悪くないわけはないと思うけど」

「だーれに迷惑かかってんだよ？　誰に」

「ルカとペトラにだよ。前の店の時からツケで飲み続けてきたんだろ？　今そのツケはどれぐらいあると思う？　払うかどうかも分からないそんなもの、彼女たちから見たら迷惑以外の何物でもないだろう。それとも、これからも彼女たちの優しさに甘えて堕落し続けるのかい？」

「…………」

男たちはペトラを見て黙り込んでしまった。何も話さない。酒もテーブルに置き、俯くだけだった。しかしこちらも向こうが話し始めるのを静かに待っていると、いたたまれなくなったのかポツポツと語り出した。

「俺らも好きで飲んだくれてるわけじゃないんだ……働きたいんだ。でも、まともに働いたことねえから怖《こえ》えし、それに……依存っていうのかな？　酒が恋しくて恋しくて……飲む前は後悔とか申し訳ない気持ちでいっぱいなんだけどさ……でも、ここに来ちまうんだよ。いつでもペトラとルカが飲ませてくれるから。ああ、そうだ。こんな若い子らに甘えちまってたんだな、俺たち」

男たちは全員、申し訳なさそうにペトラを見る。

「悪い……ペトラ。どうしようもねえな、俺たち」

「本当ですよ」

「やっぱそうなんだ……」

ペトラの容赦ない一言に落ち込む男たち。

「なんとかしたいけどどうしようもない……我慢しててもここに足が向いてしまう。アルさん、俺たちどうしたらいい？」

「酒もそうなんだけれど……こういうのは習慣だからな」

「習慣？」

男たちは真剣に俺の話に耳を傾ける。ペトラも気になるらしく、ジッと俺を見ている。

「ああ、習慣だ。皆は長年、毎日酒を飲むという習慣がついてしまっている。分かるかい？　もう無意識レベルでそうしなければいけないと思い込んでしまっているんだよ。分かりやすく言えば、癖になっているんだよ」

「癖……飲む癖があるってことか……だったら、その癖はどうしたら治るんだろう？　これができねえから困ってんだよな」

男たちは変わろうとしている。それは以前から考えていたことなのだろうが、ここに来て覚悟が決まったように見える。

俺は男たちの目を真っ直ぐに見つめながら言う。

「習慣を変えるには新しい習慣で上書きするしかない。飲む習慣から飲まない習慣に。それができれば、どうということはないよ。難しいのは最初だけ。後は覚悟があれば可能なはずだ」

「新しい習慣か……」

「今変わろうとしている気持ちは三日ほどで薄れていく。だから一番大事なのは、その気持ちを維持することだ。それを可能にするのが覚悟。必ずやり切ると決めることが、覚悟なんだ」

「…………」

男たちはバンッと机を叩き、立ち上がる。そしてペトラとルカに言うように口を開く。

「俺たち、絶対変わるぜ！　見ていてくれ！　これまでの俺たちは過去の物にして、ちゃんと仕事する真っ当な人間になる！　約束だ！」

「期待してますよ」

「おう！」

ペトラの言葉にギルドの方へ走っていく男たち。そこでようやくルカが口を開く。

「期待してるね～」

「もう行ってしまったわ……」

　ルカのテンポの悪さに唖然としているキャメロン。俺もルカに苦笑いしつつも、男たちの変化を真剣に祈りながら彼らを見送った。

「アル様～。何してるんですか？」

「カトレア。さっきまで酔っ払いたちと話をしてたんだよ」

「ああ……私もよく絡まれましたね。で、ぶっ殺してくれたんですか？」

「そんな物騒なことはしていないけど……」

　カトレアはあざとい笑顔を俺に向け、「冗談ですよ☆」と言った。

「カトレアさんはこれからどこか行くんですか？」

「ううん。違う違う。私は男たちを送り出して帰ってきたとこ」

　ペトラの問いに答えたカトレアは俺の腕に胸を押し付けてくる。

　俺はドキッとしながら冷静を装い彼女に言う。

「俺とくっついていると、ファンの皆にガッカリされるんじゃないか？」

「そ、そうですよ。すぐに離れてください、カトレアさん」

　プンプンしながらペトラはそう言った。なんでそんな怒ってるんだ？

「ファンよりアル様。皆の気持ちより私の気持ち。一番大事なのは私たちが愛し合うことだと思うんですよ」

「愛し合うって……いつからそんな関係だったっけ？」

「私が生まれた時からです」

「……そうなの？」

カトレアはニコニコしながら「そうです」と言った。俺は呆れながら嘆息する。

「あ……キャメロンもルカもいるんだ」

「おはよう、カトレア」

「おはよっ。キャメロン」

カトレアはキャメロンら三人を見つめ、何か面白いことでも思いついたのか、ニヤリと笑う。

「おはよう～カトレアちゃん～」

「おはよう。ルカは相変わらず反応鈍いね☆」

可愛い言い方だがなかなか棘《とげ》のある言葉だ。もう少しマイルドに言ってやれ。

「あのさ……皆で好きな男の人のタイプ話さない？」

「「え……」」

ペトラとキャメロンが固まる。カトレアはニヤニヤしながら続けた。

「え～。女子がこんだけ集まってんだからさ、そういう話しようよぉ。あ、ちなみに私の好きなタイプはアル様だよ☆」

「お、俺？」

「そうですよぉ。だって強いし優しいし私の所有者だし、もう控えめに言って神ですよね。あ、いつでも結婚しますので、その時は遠慮なく言ってくださいね」

恥ずかしげもなくカトレアはそう言った。冗談か本気なのか分からないが、俺は少し照れる。

「で、キャメロンは誰が好きなの？」

いつの間にか、好みのタイプから好きな人へと話がすり替わっている。

「わ、私？　私はえっと……」

そしてカトレアの強引さは有無を言わせない。そんな空気感を作り出したカトレアに急《せ》かされ、キャメロンは焦りながら話さなければならない。

「そうね……私だけじゃなくて、子供たちのことも好意的に見てくれる人、かしら」

「ふーん。そんなの結構いそうだけど……私が思いつくのは一人ぐらいかなぁ」

ニヤーッと悪い笑みをこぼすカトレアに、キャメロンはカーッと赤くなる。これは俺も思い当たるのは一人しかいない……確信はないが、そうあってほしいという願望も込めてだがボランだろうと考える。

「それで、ペトラは誰が好きなわけ？」

「わ、私ですか？　え、ちょっと……そんなのアルさんの前で言わないといけませんか？」

「だって私もキャメロンも言ったんだよ。ペトラだって言わないと、ルール違反じゃん」

いつそんなルールが出来上がったのだろうか。そう聞きたいが、ペトラもカトレアの勢いに呑まれてしまい、言うか言わざるか迷い、顔を真っ赤にしながらチラチラと俺を見る。あ、俺には聞かれたくないのかな？

「カトレアさん、絶対知ってますよね？」

「え～何がぁ？」

カトレアを睨むペトラにすっとぼけている様子のカトレア。なんの話なのだろうと気になり、俺はペトラが話し出すのを待った。

「……え、えっと……私が好きな人は……優しくて、頼りがいがあって、皆の先頭に立って戦うような人です！」

俺を見つめながら耳まで赤くするペトラ。キャメロンは「あらあら」とニコリとし、カトレアは「やっぱり」なんて言いながら笑っている。

「ペトラ……そうだったのか」

「う……ううう」

俺はペトラの言葉から、彼女の好きな男性のことを把握してしまった。そうだったのか……。

「まさかペトラがボランのことを好きだったとは」

「「はっ？」」

ポカンとするカトレアたち。優しくて頼りがいがあって、皆の先頭に立つような男……そんなのこの町ではボランぐらいしかいない。

「だけどさ、ボランには好きな人がいるんじゃ……」

「あ……あ……ああああっ！　違います！　ボランさんじゃありませんから！」

「え？　そうなの？　だとすれば誰だ……もう少しヒントをくれないか？」

「あ・げ・ま・せ・ん！　私の話はこれで終わりです！」

「じ、じゃあさ、ルカは誰が好きなの？」

カトレアは呆れた様子でルカに訊く。なんでそんな呆れてるんだ？

やや間があり、ルカは答える。

「う～ん、お酒を飲まない人かな～」

「堅実！　そして誰かも分からない！　もう少しこう、具体的な方がいいんだけどな」

あまりにも当たり障《さわ》りのないルカの言葉に、カトレアは苦笑いしていた。

で、ペトラの好きな人は誰だったんだ？

その後、午前中は町の皆の様子を見て回り、何事もなかったのだが……事件は午後に起きた。

「アル！　大変だぞ！」

「どうしたのさ、テロンさん」

ギルドマスターであるテロンさんが、酒場で食事をしていた俺の方へと飛んできた。

顔を青くし、焦ったままで話し出す。

「いつも酒場にいる酔っ払いたちがいるだろ」

「ああ。彼らは仕事をしに出て行ったと思うけど……」

「それなんだよ！　いきなり冒険者を始めたと思ったら、南西の方角に行っちまったらしいんだ！」

「南西って……それが何か問題でもあるの？」

ここから南西……マーフィンの方角に向かった場所。草原のど真ん中に岩場がある所だろう。

あの辺りで採取できる物と言えば『燃える砂』あたりか。

『燃える砂』は、大昔に空から飛来した巨大な石によって、周囲の砂の性質が変化して生まれたと言われている。しかしあそこらへんなら、ゴブリンぐらいしか出現しないし、なんとでもなると思うんだけど……。

「あいつら、『燃える砂』を回収するつもりだったんだろうが、注意書きを読まずに行ったんだよ」

「注意書き？」

ギルド側にある仕事の依頼を張り出している大きな掲示板がここから見える。俺はそれを、目を細めて注視した。掲示板の端の方には、危険なモンスターが出現している場所や、環境の変化による難易度の変動などが記された注意書きも張り出されている。

その注意書きにはこう書かれていた。『南西の岩場にはぐれケルベロス出現中』と。

「は、はぐれケルベロスって……なんでそんなモンスターが!?」

俺はガタッと席を立ち、食事を口にかき込み一息に呑み込む。

「エミリアが今日の午後から対処する予定だったんだが……まさかこんなことになるとは夢にも思ってなくてよ」

「とにかく、俺が行くよ」

「悪いが頼む！　あ、それとケルベロスは――」

空間の穴を広げ、ローランドの入り口付近まで飛び出し、はぐれケルベロスがいるであろう岩場へと向かって全力で駆ける。

「あ、アル様。どこか行くんですか？」

「カトレア！　悪いけど付いてきてくれ！」

「え、あ、はい。もしかしてこれ……愛の逃避行ですか！」

「そんなわけないだろ。ちょっと面倒なことが起きた。手伝ってくれ」

「はーい」

ちょうど町の外にいたカトレアは、冗談交じりでそんなことを言いながら俺と一緒に走り出す。

ケルベロスはBクラスの中で下位に位置するモンスター。駆け出しどころか、腕利きの冒険者でも苦戦するような相手だ。

そのケルベロスのはぐれモンスターとなると……下手したらAクラス相当の実力があるかもしれない。間違ってケルベロスと遭遇してしまったら……ひとたまりもないぞ。

俺はやる気持ちで走り続けた。頼む、間に合ってくれ。

俺の脚力は常人のそれを遥かに上回っており、尋常ではない速度で岩場へと到着する。カトレアもカトレアで俺に引き離されることなく、すぐ後ろに付いていた。

「うわぁあああああ！」

いた。酔っ払いたちがケルベロスに襲われている。

三つの頭を持つ、四足歩行の犬型モンスター――ケルベロス。

全身闇のように真っ黒で口からは炎を吐き出す、危険極まりないモンスターだ。通常、そこまで大きくないはずなのだが……今目の前にいるはぐれの個体は、通常のケルベロスの数倍もの大きさを誇っていた。

男四人は腰を抜かしながら、そのケルベロスを見上げていた。ケルベロスの口から、赤い光が見える。皆を燃やし尽くすつもりか。

そう考えた俺は、すぐさまカトレアに命令を出す。

「カトレア！【大鎌《おおがま》】のスキルを最大習得。デスサイズモードを頼む」

「はいはーい！」

カトレアの体が輝きを放ち、雪のように白い大鎌へと変貌した。

それは槍のように長い持ち手に、大きな刃が妖しく光る、死神が持つような命を刈り取る武器。

これは【ナイト】の上位職に当たる【ダークナイト】が扱いを得意とする武器の一つで、このモードは通常よりも体力を多く消耗する代わりに高い攻撃力と俊敏性《しゅんびん》を得られるという特徴がある。

「いけっ！」

俺は大鎌となったホワイトカトレアを大きく振りかぶり、ケルベロスに向かって投げつける。大鎌はクルクル回転しながら高速で飛翔していき、ケルベロスの三つの頭を、左から順番に一撃で落とす。

「アルさん！」

目の前でケルベロスが倒れ、男たちは俺に安堵《あんど》の表情を向ける。

『アル様のカトレア、ただいま戻りました☆』

「おかえり、カトレア」

ケルベロスの頭を落としたホワイトカトレアが、ブーメランのような軌道で俺の手元に戻ってくる。ケルベロスの死体は光を放ち、ホワイトカトレアへと吸収された。

「お前たち、注意書きを見ていなかったのか？　この辺りにケルベロスがいるって書いてたろ」

俺はホワイトカトレアを肩に担ぎながら男たちに近づく。

「あはは……そんなのあったのか？　受付がなんか言ってたような気がするけど……ちゃんと聞いてなかったわ」

苦笑いする男たち。酒は完全に抜けきっており、いまだに青い顔をしている。

「仕事を始めたのはいいことだけれど、冒険者は危険が付きものだ。こんなこともあるから、気を付けないといけないよ」

「め、面目《めんぼく》ねえ――」

男たちが苦笑いをしたその時であった。背後に凄まじい殺気を感じる。

俺は一瞬で振り向き、その正体を視認した。

「ケルベロス……まだいたのか」

『ああ……テロンさん、ケルベロスが二匹出現してるとか言ってましたね』

「それは聞いてないぞ」

しかしそう言えば、テロンさんが最後に何か言っていたような気もする……。

「皆は下がっててくれ。素材の回収はこいつらを倒してからにしよう」

「お、おう」

そそくさと岩の陰に隠れる男たち。俺はケルベロスが四人の方へ向かえないように、奴の前に立つ。

『さっきより大きいですね』

「みたいだな」

投擲《とうてき》の一撃で葬ったケルベロスと比べるとさらに一回り大きく見える。となれば、その実力も先ほどの奴よりも高いと考えて間違いないだろう。

「ガァアアアアア！」

ケルベロスの三つの口から、一斉に炎が吐き出される。

しかし俺はこれを、軽く避けてみせた。デスサイズモードのおかげであろう。いつもより迅く動くことができる。

『ふっふーん。私とアル様のラブラブモードには追いつけないっての』

「変わってる、変わってるから。デスサイズモードだろ」

炎を吐ききったケルベルスは、爪と牙の連撃に移る。だが俺はこれを悉《ことごと》く、最小の動きで回避していく。

『あれ？　そうでしたっけ？　でもでも、ラブラブには変わりないので問題ありませんよね☆』

「俺たちはラブラブだったのか……しかしカトレア」

俺はケルベロスの怒濤《どとう》の攻撃をかわしながら、たらりと大粒の汗を流す。

「このモード、体力の消耗が激しいな。もう疲れてきたよ」

『ああ……アル様の体力を吸収して力を増幅してますからね』

戦い始めたばかりだというのに、すでに息が切れ始めていた。まさかここまで消耗が激しいとは……ソードモードに戻そうとも考えるが、このまま決着をつけた方が早そうだ。疲れる前に倒してしまえ。

ケルベロスは口内に赤い光を溜め出し――そして俺に向かって炎を解き放つ。

俺は相手の反応できない速度でその炎をかいくぐり、ケルベロスの懐に飛び込む。そしてホワイトカトレアをクルクル右手で回す。

「【ブラッディーアーツ】」

ケルベロスの周囲を踊るように、流れるような動きで相手の体を次々に斬りつけていく。ケルベロスは全身から血を噴き出し、ホワイトローズの刀身が赤く染まる。

『これでおしまい☆』

最後に下段から三つの頭を刈り取り、ケルベロスは絶命する。

「す、すげー……アルさんって強い強いとは聞いていたが……まさかここまで強いとは」

「あんな化け物をあっさり……」

「俺、ちょっとちびっちまったよ……」

ケルベロスを瞬殺したことに、男たちは驚愕し、顔を引きつらせて俺を見ている。

俺はデスサイズモードの疲れを悟らせないように、遠くから笑顔を送っておいた。

◇◇◇◇◇◇

男たちは素材を回収し、それをギルドに納品して報酬を受け取っていた。そこそこの金額が手に入ったらしく、ニヤニヤしながら酒場の方をチラリと見る。

「とりあえずツケの一部を払わねえと……後はペトラとルカに何か買ってやりたいな」

「だな。今まで迷惑かけてきた分、気持ちだけでもお返ししとかないと」

男たちは満場一致で、ツケを払った残りでペトラたちへの贈り物を買うことを決めたようだ。俺はそんな彼らを温かい目で見守っていた。

「なあアルさん……どんな物をあげたら、ペトラたち喜ぶかな？」

「自分が貰って嬉しい物をあげればいいと思うよ」

「自分が貰って嬉しい物か……」

男たちは唸りながら、ギルドから出て行ってしまう。

俺はテロンさんにケルベロスの件を報告し、雑談をする。

「いきなり問題を起こしちまったけど、まぁ、やる気は感じるし大丈夫だろうな」

「ああ。これまでのことは後悔しているみたいだし、後は成功体験を積んでいけば立派な冒険者になれると思うよ」

「やれやれ。じゃあ俺がこれからフォローしてやるか」

「流石テロンさん。俺も頼りにしてるし皆も頼りにしてるよ」

照れ臭そうに笑うテロンさん。そんな会話をしている間に、男たちはギルドへと戻ってきた。

「お仕事、どうでしたか？」

ちょうど同じタイミングでペトラも室内へと入ってくる。男たちはペトラの前に並び、手に持っている物を彼女に差し出す。

「ペトラ。今まですまなかった。本当に甘えて甘えて、どうしようもなかったな。だけどこれからは心を入れ替えて、しっかりするからな」

「皆さん……頑張ってください。私、応援してますからね」

照れる男たちに、涙目のペトラ。

ペトラは涙を拭いながら、手渡された物に視線を落とす。

「これはなんですか？」

「あ、ああ。お前にプレゼントだよ。これまでの詫びのしるしだと思ってくれ。気に入ってくれたら嬉しいけどな」

「そんな！　どんな物でも嬉しいですよ！　なんだろうなぁ」

ペトラはワクワクと少女らしい表情で、中身を取り出す。

中から出てきたのは――お酒だった。

「わー。お酒ですね。それも結構高そうなお酒！」

「お、おう！　そこそこ高いのを選んできたんだ」

「そうなんですねー。ありがとうございます――って、お前らアホか！」

どこからともなく取り出したハリセンで男たちの頭を叩くペトラ。男たちはキョトンとするばかり。

「私は未成年やぞ？　酒飲めると思ってんのか？」

「え、だってアルさんが自分たちが貰って嬉しい物をあげろって……」

「もう少し考えたら分かるやろ！」

確かに自分たちが嬉しい物をあげればいいと言ったけど……ペトラの言う通り、もう少し考えろよ。

その後、男たちはルカの店で酒を飲み始めた。呆れるペトラは男たちをジト目で見ながら俺に言う。

「お酒、やめるつもりはないみたいですね」

「は、ははは……だけど、仕事は始めたみたいだし、一歩前進じゃないか、な？」

翌日以降、男たちは朝から酒を飲むことはなくなった。ただし夜遅くまで酒を飲んでいるようだ。

まぁ、以前よりはマシになったからよしとするか。

◇◇◇◇◇◇

忙しくも充実した毎日を送り、いつものように、チェルネス商会に顔を出した時のこと。

皆忙しそうに、でも楽しそうに働き回っていた。

ペトラが上手くコミュニケーションを取っている証拠だろう。

雰囲気も良く、活発に動いているところを見れば、現状言うことはない。

元々人好きのするいい笑顔の持ち主だったから、心配はしていなかったけど、結果を出してくれているのを見たら感慨深いものがあるなぁ。

俺は弾む気持ちで仕事をする皆の姿を眺めていた。

「あ、あの……アルベルトさん……」

「ノーマン。どうしたんだい？」

するとノーマンが、怯えるような表情で俺に話しかけてきた。

震えているその手には、炭酸水がある。

「そ、その……炭酸水の味見を……していただきたくて」

「ああ、いいよ。ちょうど喉が渇いてたところなんだ。ありがとう」

俺はノーマンから炭酸水を受け取る。

しかしこんなに手を震わせて、何をそんなに怯えているのだろうか？

怪訝《けげん》に思いながらも、ポーションの瓶に詰められた炭酸水に視線を落とす。

中でシュワシュワ泡が躍っている。

見た目も透明で美しく、別段言うことがないぐらい出来はいい。

俺はこれに口を付けようとした。

ノーマンは汗をダラダラ流しながら、俺に言う。

「あ、あの！　マーフィンの様子はどうでしたか？」

瓶から口を離し、一瞬思案する。

「マーフィン？　ああ、商売の話かい？　順調だよ」

「そ、そうですか……」

ノーマンはどんどん顔色を悪くしていき、うっすらと涙を浮かべている。

俺はギョッとなり、慌てて彼に尋ねた。

「ど、どうしたんだ、ノーマン？　具合が悪いのなら帰ってもいいんだぞ。俺がペトラに伝えておくよ」

「いえ……具合なんて、悪くありません……」

「そ、そう？」

ならなんでそんなに青く沈痛《ちんつう》な面持ちをしているんだ。

具合が悪くないなんて、嘘にしか聞こえない。

俺はノーマンの背中に優しく手を添えながら言う。

「何か悩み事でもあるのかい？　良かったら俺が話を聞くよ」

本来ならペトラに任せる場面なのだろうが、こんな顔した人を放ってはおけない。

俺がそう聞くと、ノーマンはさらに辛そうに顔を歪めた。

辛そうにする理由も分からず、俺も彼の顔を見て辛い気持ちが湧き上がる。

「アルベルトさんには……一番聞かせられません」

「…………」

俺、何か嫌われることしたかな？

出会った時からよそよそしかったし……もしかしてマーフィンにいた頃に何かやったかな？

いやしかし、ノーマンのことは記憶にないし……。

「分かった。でも、何か悩みがあるのなら気軽に相談してくれ。ノーマンはすでに大事な仲間の一人なんだから。話ぐらいならいつでも聞くよ」

「う……ううう」

ノーマンは俯き、自身の胸の辺りをギュッと掴む。

「こ、こんなに優しい人……こんな優しい職場なんて、今までなかった。こんなに辛くて、だけど充実した仕事なんてしたことはなかった……」

「それだけいい職場だと思ってくれているなら、俺たちの計画は成功しているようだな。ペトラにも後で伝えておこう。そうそう、ペトラがまたノーマンのこと褒めていたよ。本当によく働いてくれる人だって」

「…………」

「ノーマンさえよければ、これからもペトラのために力を貸してほしい。そしてそれが、ノーマンの幸せに繋がるのなら、もっと言うことはないんだけどね」

俺はノーマンにニッコリと笑みを向ける。

そして喉の渇きを潤すために、炭酸水に口を付けようとした。

「駄目だ！」

「え？」

ノーマンが俺の持っている炭酸水をはたき落とす。

パリンと地面で割れる瓶。

中身は木製の床にしみ込んでいく。

その音で、動き回っている人たちがこちらに視線を向ける。

「あ……あああ……やはり俺には無理だ……こんな好青年を……俺には無理だぁ……」

ノーマンは泣き崩れ、地面に膝をつく。

ボロボロと大粒の涙が止まらないらしく、辛く苦しそうな表情のまま大声で泣き叫ぶ。

「すまない……モニカ……コニー……本当にすまない」

ノーマンは誰かの名前を呟きながら、悲痛な声で泣き続けていた。

◇◇◇◇◇◇

「……なるほどねぇ」

俺は会議室で、ノーマンと二人きりで話をしていた。

ノーマンは涙を流しながらゴルゴとの出来事を口にし、俯いたままでいる。

ひくひくとノーマンのすすり泣く声が、静かな部屋に響いていた。

「話は分かった。俺はノーマンのことを許すよ」

「ゆ、許す……？　でも俺は、あなたを殺そうと……」

「でも、殺さなかったじゃないか。毒入りの炭酸水を払いのけてくれた」

「そ、それは……」

「まぁ、毒を飲んでいたとしても、問題はなかったけどね」

「問題ないって……どういうことですか？」

「説明したら長くなるんだけど、俺に毒は通用しないんだよ。だからゴルゴがその話を持ち出した時点で、この計画が失敗するのは確定していたのさ」

俺には【状態異常無効】のサポートがあるから毒を飲んだところで意味はない。

ゴルゴの暗殺計画は最初から企画倒れだったという話を聞き、ノーマンはポカンとしていた。

しかしゴルゴのやつ、こんな善良な人になんてことをさせるんだ。

やるなら直接来るか、暗殺のプロでもよこせばいいものを。

もっとも、こんな人だったから、俺は疑いもなく毒入りの炭酸水を手にしたわけではあるけれど。

そしてこんな人だったから、その計画も失敗に終わった。

人を殺すには優しすぎる人だ。

俺に毒が効かないことを知らなかったとしても、やはり最初からこの計画には無理があった。

詰めが甘いんだ、あいつは。

俺は怒りを感じると共に、奴を軽蔑するように呆れる。

「……俺は、これからどうすれば……」

「ここで生活していけばいいよ」

「こ、ここで……？　いやしかし、俺はアルベルトさんを……」

「殺さなかったじゃないか。寸前のところで思いとどまってくれた」

「……でも、皆は俺のことをどう思うでしょうか？　アルベルトさんを殺そうとしたなんて、もう憎まれているのでは？」

「だけど、この話を知っているのは俺とノーマンだけだ。俺たちが黙っていれば、誰も真実を知ることはない」

「ア、アルベルトさん……しかし」

ノーマンは膝をつき、涙を流しながら俺を見上げる。

「悪いのは、全部ゴルゴだ。ノーマンは悪くない」

「……ですが、俺の家内《かない》と子供のこともある。それに、借金のことだって……やはりここで仕事を続けていくのは不可能です」

「いや。全部俺が解決するよ」

「解決……？」

「ああ。話が拗《こじ》れないように、キッチリとかたをつけてやる」

ノーマンは思考を停止し、口をあんぐりとさせていた。

そんなことできるわけがない。

ゴルゴ相手にそんなことは不可能だと、そう思っているのだろう。

だが俺が全部解決してやる。

「ま、俺に任せておきなよ」

◇◇◇◇◇◇

その日の夜、ザイはノーマンを連れて、ゴルゴの商店へとやってきていた。

マーフィン一大きな家の一階部分で店を構え、二階、三階が住居スペースとなっている。

無駄に豪勢な造りとなっている家を見上げながらザイは嘆息していた。

二階の客室に通され、ソファに座りゴルゴを待つザイとノーマン。

そしてその後ろには、少々年老いた男が堂々とした態度、綺麗な姿勢で直立していた。

彼は白髪頭を整髪料でビッチリとバックに流し、白い髭を蓄えており、上品な黒い服を着ていて腰には剣を帯びている。表情は穏やかでありつつも、どこか鋭い視線をしており、ただ者ではない雰囲気を醸し出していた。

ノーマンが落ち着かない様子で周囲を見渡していると、ガチャッと扉が開き、ゴルゴが部屋へと入ってくる。

ゴルゴの姿を見た瞬間、ノーマンは過呼吸気味に息ができなくなる。

そんなノーマンを見てゴルゴは睨みを利かせ、ザイは彼の背中をさすっていた。

「大丈夫だ。心配するな」

「は、はい……」

落ち着いた声でザイはノーマンにそう言うと、ノーマンの呼吸が若干だが落ち着いていた。

「で、話ってのはなんだ？」

ゴルゴはザイたちの前のソファに座り、思案する。

ノーマンのことがバレたか……。

だが、それがどうしたと言うんだ。

そもそも、俺が命令したなんて証拠もないわけだし、焦ることも不安になることもない。

ただこちらはしらばっくれてりゃいいだけだ。

そしてその後だ……ノーマン。

てめえもろとも、家族をメチャクチャにしてやるからな。

煮えたぎるような怒りを隠そうともせず、ゴルゴはノーマンたちを睨みつける。

怒るゴルゴと対照的に、ザイはひどく落ち着いた様子で口を開く。

「ノーマンがお前に借金があるようだな」

アルベルトの殺しの話じゃないのか？　一瞬ゴルゴは戸惑うが、平静を装い聞き返す。

「それがどうした？　お前に関係あるのか？」

「いや、ないな」

「だったら口を挟むんじゃねえ。これはノーマンと俺の問題だ」

「だが、アルさんには関係ある」

「……アルベルトだぁ？」

「現在、ノーマンはアルさんの下で仕事をしている。そしてアルさんが、ノーマンの借金を肩代わりすると申し出た」

「……ほう。それで、全部チャラにしてくれって話かよ。だけどよ、俺はずーっとお前の世話をしてきてやったよなぁ、ノーマン」

「う……」


アルベルトの思い通りに事を運ばせるのは面白くねえ。

それに、こいつには制裁を与えないと気が済まない。

借金の返済を受け取る前に、ノーマンの人生を終わらせる。


そう考えるゴルゴは、話を続ける。

「なあノーマン。筋ってもんがあるだろ？　借金を返してそれで終わりだなんて思ってねえよなぁ」

「いいや。お前とノーマンの間には金の繋がり以外は何もない。金を返せばそれで終わりだ。それに筋を通すから、こうして直接顔を出し、金を返すと言っているんだ。問題はもうないはずだ」

「はっ。そうかよ」

ゴルゴが扉に向かって「おい」と言うと、殺し屋のような目をした商人が静かに部屋へ入ってくる。

こちらの思い通りに話が進まないのなら、こいつの家族を人質に取ればいい。

そう考えニヤリと笑うゴルゴであったが、男が耳元で囁いた言葉に驚いた様子を見せた。

「なっ……！」

男はゴルゴに、ノーマンの家族が家にはいなかったと伝えた。それどころか、町中どこを捜してもいないと言う。彼女らが町から出たという話など聞いていない。

さらってくるよう命令を出しておいたのだが、まさか先手を打たれるとは。

そもそも見張りを付けていたはずなのに、なぜ町から忽然《こつぜん》と消えてしまったのだろうか。

ただ、ノーマンの家に紫色の髪の少女が入っていったという情報だけは届いていたようだ。

その少女も家に入ったきり、姿を見せないらしい。

不可解なことが起こり、軽く混乱を起こしているゴルゴ。

家族を人質に脅そうと思っていたのに計画が狂った。だが、なんとしてでもノーマンに制裁を与えたいゴルゴは、ザイに向かって横暴な態度で口を開く。

「……借金返済は分かった。だが、書類を揃えるのに時間がかかる。だから今日のところはノーマンを置いて帰れ。金は明日にでも持ってこい」

「別にノーマンを置いて帰る必要はないだろ」

「それを決めるのはお前じゃない、俺だ。それとも何か？　泥棒が不法侵入したってことで、対処してやってもいいんだぜ？」

ザイの強い意志を持つ瞳に、こいつは引きそうにないと考えたゴルゴは、強引な手段に出る。

脅しても屈しないのだろう……これでも抵抗するのならその時は本気で殺してやればいい。

ノーマンはオロオロし、涙目でザイの方を見ている。

すると、後ろにいた老人が口を開いた。

「金は、明日受け取るということでいいな？」

「……誰だてめぇ？」

ザイはふっと笑い、相も変わらず落ち着いた声でゴルゴに言う。

「この方はレイナーク騎士団の副団長、バルバロッサさんだ」

「バッ……バルバロッサ……さん⁉」

「その様子を見る限り、私の顔は知らなかったように思えるな。まぁ、もう前線に出ることもほとんどないからなぁ」

ほっほっほっと笑うバルバロッサ。老いてはいるが、その眼にはまだまだ活力がみなぎっている細身の男。今日は鎧を着ずに私服姿でいたので、ゴルゴも騎士だとは気が付かなかったようだ。

彼は顎髭を撫でながら続ける。

「私は陛下から今回の件の見届け人を仰せつかり、ここに来た。書類を揃えるだけなら、この男はもう不要であろう。それとも、私も一緒に泥棒として対処するか？」

「……い、いえ」

頭の血管が切れそうなほど青筋を立てるゴルゴ。


なんでまた国が動いているんだ。

たかが貧乏人の借金問題だろうが。


だが、こうなってはもうノーマンにもザイにも手を出すことができない。

ゴルゴは渋々といった様子で口を開いた。

「あ、明日書類を用意しておく……」

「分かった。では明日、金を用意しよう」

ザイはそう言って、スッと立ち去ろうとする。

が、何かを思い出し、ゴルゴを見下ろしながら言う。

「あと、アルさんからの伝言だ」

「で、伝言だぁ……」

「『グッド！　俺もお前のそういう顔を見たかった』だとよ」

「んぐっ……」

ギリギリと歯を噛みしめるゴルゴ。

怒りに爆発寸前ではあったものの、国が絡んできているので手を出すわけにはいかない。

いまだ不安そうに去っていくノーマンの背中を睨み付けるぐらいしかできず、彼らが去った後、
目の前にあった机を叩き壊した。

そしてアルベルトのあざ笑う顔を想像し、大声で怒り叫ぶゴルゴ。

その声は朝まで続き、近所に住む者たちは誰もが眠れない夜を過ごしたという。

◇◇◇◇◇◇

「モニカ！　コニー！」

深夜、ローランドに帰ってきたノーマンは、奥さんと娘さんと熱い抱擁を交わしていた。

奥さんはノーマンと一緒に涙を流していたが、娘さんはキョトンとするばかり。

まだ小さい子供だ。何が起きていたのかも理解していなかったのであろう。

「アルベルトさん……本当にありがとうございます」

ギルド前でノーマンは俺に深々と頭を下げる。奥さんも同じように頭を下げていた。

「頭を上げてくれ。仲間を助けるのは当然のことなんだからさ」

「ありがとう……本当にありがとうございました」

頭を下げたままノーマンはすすり泣く。

俺は全ての問題が解決し、彼が安堵している様子を見て心底喜んでいた。

「お兄ちゃん」

ノーマンを連れて帰ってきたデイジーが俺の胸に飛び込んでくる。

今回、奥さんたちをここに連れてきてくれたのも、バルバロッサさんをマーフィンに呼び出してくれたのもデイジーだ。

俺は感謝の念と、単純に可愛らしいと思う気持ちを込めて、彼女の頭を撫でる。

「ありがとう、デイジー。お前のおかげで全部上手くいったよ」

「えへへ。お兄ちゃんのために頑張ったよ」

その様子を見ていたエミリア。腕を組みながら心なしか顔を膨らませているように見えた。

「……引っ付きすぎなんだよ」

「え？」

「なんでもない……」

ぷぃっとそっぽを向くエミリア。

デイジーはそんなエミリアの様子が心配になったのか、オドオドしながら彼女の服を引っ張る。

「エミリアお姉ちゃん……私、何かした？」

「……かわっ……だ、大丈夫！　デイジーは何もしてない！」

エミリアは自分よりも背の高いデイジーの頭を撫で、彼女にそう言い聞かせていた。

デイジーは本当、誰にでも愛されるなぁ。

身長だけで言えば立場は逆のはずで、デイジーがエミリアに甘えているのがなぜか可笑しくて、俺は微笑しながら、微笑ましい二人の様子を見守っていた。

「あの、アルベルトさん」

「どうしたんだ、ノーマン」

ノーマンは奥さんから離れ、俺に声をかけてきた。うっすらと笑みを浮かべてはいるものの、まだ不安を感じているのか表情は少し暗く、話す声も暗く思える。

「今回の件で、ゴルゴさんは報復など考えないでしょうか？　私はそれが心配でして……」

「可能性としてはなくはないだろうな」

「や、やはりそうですか……」

いないはずのゴルゴの姿に怯えるノーマン。

俺はノーマンの肩に手を置き、ゆっくりした声で話を続けた。

「ノーマン。勇気を持つんだ。今みたいに怖がってばかりじゃ、いつまで経っても同じことを繰り返すことになる。ゴルゴがいなくなったとしても、また別の誰かに脅され怯えて暮らすことになるぞ。勇気を持って変わらない限り、同じことはこれからも続く」

「………」

「また奥さんたちを危険な目に遭わせることになるかも知れないんだぞ？」

ノーマンはギクリとし、奥さんと娘さんの方にチラリと視線を向ける。

すると恐怖に満ちていただけの瞳の奥に、うっすらと覚悟が見えるような気がした。

第三章

あらゆる物が壊され、酷い有り様となった客室で、ゴルゴは昇っていく太陽を憤怒《ふんぬ》を含んだ瞳で睨みながら、昔のことを思い浮かべていた。


あいつが子供の頃……すでに人心掌握術を理解していたあいつは、周囲の人間から愛されていた。

もちろん、そいつらは俺が陥れてガイゼル商店から追い出してやったが……。

いつか、あいつとは敵対するような予感があった。

そしてそれが的中してしまった。

目障りな奴……いつまでもハエみたいに俺の周囲を飛び回りやがって……。

これからもあいつは俺の邪魔をしてくるであろう。

だったら……何が何でも潰してやる。


ナンバー1になりたい。

それが彼を突き動かす原動力である。

そのためにアルを商店から追い出しガイゼル商店を乗っ取り、マーフィンでナンバー1になった。

ゴルゴなりにやれる限りの努力をしてきたのだ。

だが売り上げは激減し、アルの仲間が働く商店がノリに乗ってこちらを追い落とそうとしている。

許せるわけがない。自分はナンバー1でいるべき人間なのだ。

そう考えるゴルゴは、早くも行動に移す。


馬車でソルバーン荒地へと移動するゴルゴ。

そこは草木が生命を失ってしまったように枯れ果てた、灰色の世界であった。

ところどころに雑草《ざっそう》しか生えていない、乾いた大地がどこまでも広がっていそうな、足を踏み入れるだけで寂しい気持ちになる荒地。

ゴルゴはそこに到着するなり、大声で叫ぶ。

「ブラットニー！　聞こえるなら出てこい！」

こだますするゴルゴの叫び声。

「おい、何をやっているんだ⁉」

「⁉」

それを見つけたのはソルバーン荒地を監視しているレイナークの兵士たち。

この近くに滞在している一〇〇名ほどの兵士、そのうちの七名がゴルゴの下へと駆けてくる。

「こんなところにいたら危ないぞ！　死にたいのか⁉」

「こっちは死活問題でここにいるんだよ！　ここでミスしたら、人生終わりだからな！」

「な、何を言っているんだ、こいつは……」

憤慨するゴルゴの態度を理解できず、戸惑う兵士たち。

二人の兵士がゴルゴの両脇から手を取り、ソルバーン荒地から連れ出そうとする。

「ほら、行くぞ！」

「や、やめろ！　俺は用事があって――」

「おい！」

「どうした？」

ソルバーン荒地の遠くを見て、ガタガタ震える一人の兵士。

怪訝そうに他の兵士たち、そしてゴルゴがその視線の先を見る。

「…………」

遠くから――遥か遠くから黒い影がゴルゴたちの方へと近づいてきて、彼らの目の前でそれは人間のような姿に変化する。

「…………」

目の前に突如現れた黒衣の男。白髪に黒目と白目が逆転している瞳。ズタボロの毛皮の服に、穴の開いたズボン。体の線は細いものの、肉体は引き締まっており無駄がない。

風貌も体の大きさも人間とさほど変わらないその男は、ボーッとした様子でゴルゴに視線を送っている。

「ブ……ブラットニー」

「な、なんだと……!?」

「『四害王《しがいおう》』の、滅殺《めっさつ》のブラットニーだ！」

「うるさ、い」

魔族の中でも最強格に数えられる『四害王』の一人、滅殺のブラットニー。

怠惰《たいだ》としか取れないやる気のなさそうな表情。

だがそれでいて、なんとも言えないおぞましさを感じる瞳。

話す声もどこか面倒くさそうな、できるなら話などしたくないというようなトーンで口を開く。

「なんの用、だ？」

「…………」

ゴルゴは周りの兵士たちに視線を向ける。

ブラットニーは兵士たちなど眼中にないような態度を取っているが……流石にこんなところで話をするのはマズい。

「う、うわあああ！」

「じゃ、ま」

剣を手にした兵士がブラットニーに突撃するも、その兵士は突如として姿を消してしまう。

何が起こったのか分からないゴルゴたちは呆然とするばかり。

「お、おい！　皆に合図を送れ！」

「あ、ああ！」

一人の兵士が、火の魔術を空に向かって放つ。

するとそれを見た、一〇〇名近い兵士たちが、ブラットニーのいる場所へと駆け付けてくる。

「滅殺のブラットニーだ！　気を付けろ！」

「ブ、ブラットニーだと！　クソッ！　なんでこんなところに」

「だがこちらは一〇〇人いるんだ！　たとえ四害王といえど、負けるわけがない！」

ブラットニーを取り囲む兵士たち。

緊迫はしているものの、負けることはないであろう、とそう考えているようだ。

しかし……。

「うわー!!」

「な、何が起こっているんだ!?」

次々に消滅していく兵士たち。

ゴルゴは震えながらポカンとその様子を眺めていた。

そして瞬《また》く間に一〇〇人からいた兵士たちは全滅し、その場にはブラットニーとゴルゴ以外の姿はなくなってしまった。


強い……想像以上の強さだ……！

こいつならアルベルトを倒せる。

絶対に倒せるはずだ！


そう思案するゴルゴは、ゴクリと息を呑み込んで口を開く。

「殺したい奴がいる」

「それ、前も言って、た」

ギリッと歯を鳴らすゴルゴ。

ここで下手に出るわけにはいかない。

なんとしてでもこいつに動いてもらわなければ……俺に未来はない！

「前回は失敗しただろ！　確実にあいつを殺したいんだ！　これまでだってレイナークの情報を流してやってたろ？　互いに利害が一致したから協力しあってるはずだよな、俺らは」

「たしか、に」

「お前がレイナークを制圧し、俺が人間たちの頂点に立ち支配する。そういう約束だったはずだ」

ある日、仕事でソルバーン荒地の近くを通りかかった時にブラットニーと偶然遭遇してしまったゴルゴ。彼は殺される覚悟をしたものの、苦し紛れに互いの利益の話をすると、ブラットニーは意外にもその要望に応《こた》えてくれた。

ブラットニー……彼を含んだ四害王のうち三人は、人間を支配するにあたってそれらを管理する人間がいたら便利だと考えた。

邪魔なら根絶やしにすればいいのだが、人間には色んなものを生み出す能力がある。

簡単に滅亡させても益はないが、生かしておけば役立つことも大いにあると踏んでいた。

そこでゴルゴとブラットニーの利害が一致してしまったのだ。

ブラットニーたちは人間を管理する人間と、人間たちの情報提供。ナンバー1になりたいゴルゴはその地位を望んだ。

ブラットニー側から見れば、自分たちが直接手を下さなくともモンスターに命令を出すだけでよかったので、これまでゴルゴの頼みは聞いてきた。

ゴルゴは本来であれば、人間たちのトップに立てるのならアルのこともマーフィンのことも放っておけばいい。しかし彼はナンバー1で居続けることにひどくこだわっていたのだ。

誰にもナンバー1の座を渡したくはないし、アルには負けたくない。

自分が誰かに負けるなんて、考えられないしあってはならない。

魔族たちの配下に置かれるのは少々癪《しゃく》ではあるが、国王が自分の上にいるのなら、まだ魔族たちと手を組んで人間の頂点に立つ方がいいと考えていた。

「それに、ここであいつを潰しておいた方が、お前たちのためにもなるんだぞ」

「俺たちのた、め？」

「ああ。そいつは現在、ものすごい勢いで名前を売り出していてな……この間のギガタラスクを倒したのもそいつだ。このまま放っておけば、お前たちの脅威にもなり得る」

「…………」

「だったら、叩ける時に叩いて、潰しておく方が賢明じゃないか？」

「…………」

ボーッと見てくるだけのブラットニーに、苛立ちを感じながらも焦るゴルゴ。

ダメか？　動く気はないか？

「人間たちはこう噂している……いずれあいつなら、四害王さえも超える存在になる、と」

「超え、る？」

「ああ……それだけとてつもないポテンシャルを秘めているということだ」

「…………」

ブラットニーは踵を返し、その場を立ち去ろうとする。

焦燥するゴルゴは、ブラットニーの肩を掴む。

「おい！　やらねえのか!?」

「やらな、い……」

「なっ……」

「わけにもいかな、い」

一瞬焦ったが、続く言葉を聞いてニヤリと笑うゴルゴ。

「お前の言う通、り。魔族のために……あいつのために、叩ける時に叩、く」

ブラットニーは静かに決意する。アルを滅殺することを。

ゴルゴは激しく高揚する。ようやくアルの息の根を止められることに。

「グッド……」

ゴルゴは拳を握り、喜びを噛みしめていた。

そしてブラットニーの背中に向かって話す。

「俺に作戦がある。あいつのことは確実に殺したいからな……」

ジロッとゴルゴを背中越しに見るブラットニー。

ゴルゴは慌てて話を続ける。

「おっと、勘違いしないでくれ。お前を信用していないわけじゃない。ただ、確率はできる限り100%に近づけたいし、あんただって楽に勝てるならそれに越したことはないだろ？」

「それはそ、う」

「だったら、これからのことは俺に任せておいてくれ。あんたは無力化したそいつを殺すだけでいい。な、楽な仕事だろ？」

「…………」

こうしてゴルゴに従い、四害王ブラットニーは、アルを殺すために行動を開始することになった。

◇◇◇◇◇◇

「いやぁフレオ様。おかげ様で上手くいきましたよ」

「ああ。バルバロッサから話は聞いているよ」

俺はレイナークの王室でフレオ様と気楽に話をしていた。

お互い気を使わず、それでいて国王への敬意を忘れずに他愛もない話で盛り上がる。

「それより、さっきの話の続きを聞かせてくれないか？」

「ああ。エミリアの話ですか？　あれからまたあいつを子供扱いした冒険者たちがいて、そいつら全員殴り倒してしまってですね、まぁ全員見事なまでにボコボコにされて、中には自信喪失して冒険者を辞めた人もいたとかいないとか。それでそれを見ていたテロンさんに、冒険者としてスカウトされたというわけです」

「はははははは」

大きな声で笑うフレオ様。

俺もそんな彼の姿を見て、笑顔を向ける。

「君の周りには面白い人物が多いようだ。いや、君が面白いから、そういう人が集まっているのかもしれないけどね」

「類は友を呼ぶですか？」

「ああ」

くくくっと笑いながら言うフレオ様。

「やだなぁ。俺は皆ほど面白いエピソードなんて持っていませんよ」

「いやいや、Aクラスの大型モンスターを単独で撃破したり、ローランドを復興させつつあるのも、面白い話じゃないか。そんなことできる人間なんてそういない……というか、全くいないと思うよ」

「そうでしょうか？」

笑い疲れたのか、フレオ様はふーっと大きく息を吐く。

「ああそうだ。アルの助言通りやらせてもらったら、こちらの冒険者ギルドも騎士団も、活気あふれる組織になってきたよ。君の言う通り、コミュニケーションというのは大事なようだね」

「頭ごなしに命令しても効率が悪くなるだけですからね。話し合い、意見を聴き、褒めて任せる。そうしていくと、人は自発的に動いてくれるようになるんです」

「いや、君には勉強させてもらうことが多いよ」

「国王陛下にそう言っていただけるとは、光栄の至りでございます」

そう言って恭《うやうや》しく頭を下げると、フレオ様はふふっと短く笑う。

「だが、レイナークの戦力がなかなか上がらなくて困っているんだ。ローランドの冒険者たちのように、順調というわけではなくてね」

「なるほど」

「そこでだ。君がよければだが、ローランドとレイナークで、合同訓練をお願いしたいのだけれど、どうだろう？」

「いいですよ。俺の数少ない友人の頼みなので」

「ふっ。君に友人は多いだろ？　僕と違って」

「いや、本当に友人は少ないですよ。仲間は多いですけどね」

フレオ様は「ふむ」と短く言って何度か首を振る。

「それじゃあ、訓練を任せるよ」

「ははっ。仰《おお》せのままに」

一度頭を下げてから笑みを向けると、フレオ様は楽しそうに笑っていた。

◇◇◇◇◇◇

「じゃあ、レイナークの皆にも頑張ってもらったらいいってことですね☆」

「ああ。そう言うことだ」

カトレアは俺の腕に手を回しながらニコニコしている。

見ていて気持ちいいぐらいの笑顔。自然にキュンと胸が高鳴る。

「カトレア。アルベルト様から離れるんだ」

「え～ヤダぁ。今日はずっとこうしてるんだもん」

ローズがカトレアをジロッと睨みながら言う。

だがカトレアはそんな視線を気にすることなく、俺の腕に頬をすり寄せる。

俺は嘆息しながら目の前にいる戦士たちに視線を移す。

現在、レイナークの城門前にはレイナークの戦士たちとローランドの冒険者たちが集結していた。

ローランドの冒険者の中で、腰に黒い毛皮を巻いているローズ派は向かって左側に。白い毛皮を巻いているカトレア派は右側に立っている。その後ろにレイナークの戦士たちがいて、毛皮の意味を理解できずにいて怪訝そうにそれらに視線を向けていた。

「これより合同訓練を行うが、その前に言っておかねばならないことがある！　レイナークの戦士たちよ！　自分を信じることを忘れるな！」

ローズのどこまでも響き渡りそうな大声に続き、ローズ派の男たちが一斉に口を開く。

「「「自分を信じない奴に強くなる資格も可能性もない!!」」」

綺麗に隊列を組み、腕を後ろに回しながら声を揃える男たち。

レイナークの男たちは「なるほど」などと声を漏らしながらうんうん頷いている。

「みんな～。今日も訓練、頑張ってね～。私、応援してるよぉ☆」

横向きのピースを目元で作り、とびっきりの笑顔で皆にそう伝えるカトレア。

「「「カトレアちゃーん!!」」」

カトレア派の男たちは自己アピールを始め、めいめいにカトレアに向かって何かを叫んでいた。

レイナークの男たちも「可愛い……」なんて頬を染めていたりする。

そしてローズとカトレアとどちらが好みか、討論のようなものを繰り広げ始めた。

「誰がお喋りをしろと言った⁉　お前たちがするのは無駄口を叩くことじゃない！　強くなることだ！　いいな！」

「「イエス！　マム！」」

すでに数人のレイナークの戦士が、ローズ派の者たちと同じように腕を後ろに回してそう返事をしている。

「では参りましょう。アルベルト様」

「私がアル様の隣でお守りしますから、安心してくださいねっ」

「いや、守ってもらわなくても大丈夫だけど……」

ローズが空間を開き、別の場所への穴を開く。

レイナークから北へ向かいソルバーン荒地に近づいていくと、そこそこ強力なモンスターが出現する場所があり、俺はカトレアに腕を組まれたままその草原へと足を踏み入れる。

足下には草の感触があり鼻には自然の香りが飛び込んでくる。

肌を優しく包む太陽の光を浴びながら一度大きく深呼吸した。

隣でカトレアも同じように深呼吸し、こちらに笑みを向ける。

いや、可愛いんだけどさ。

ファンも大勢付くぐらい可愛いカトレア。

先月なんてファンからプレゼントを沢山貰い、【収納】がなかったら大変だったほどだ。

さらには直接告白されたりラブレターを貰ったり、愛を囁かれない日はないという。

どれだけモテるんだよ、この子は。

「貴様らはやればできる！　今よりももっともっと強くなれるぞ！」

ローズの言葉で戦闘訓練が開始される。

接近戦で戦う者もいれば、魔術で後方から攻撃をする者もいて、その場にいる全員が力の限り、モンスターとの戦闘を始めた。

ここはDクラスの上位に位置するモンスターが多数出現していて、レイナークの戦士たちから見れば、強すぎず弱すぎずといったちょうどいいぐらいの相手のようだ。

「いいぞ！　その調子だ！　やればできるじゃないか！」

「「イエス！　マム！」」

レイナークの戦士たちの実力が向上していく様子を怒声で褒めるローズ。

認められるのが嬉しくて、ローズの言葉にさらにやる気を出している男たち。

「他の皆も頑張ってね～。私、応援してるんだからねっ☆」

「「カトレアちゃ～ん!!」」

カトレアの声援に大いにやる気を出す男たちも大多数。

戦場は真剣な表情で戦う者と、笑みを浮かべながら戦う者の二種類に分別でき、ローズ派とカトレア派のどちらかは一目瞭然である。

また二人のファンが増えそうだが、まぁ効率はいいしこのまま進めても問題ないだろう。

そんな中でも、その二つの派閥に属さない男が数人いる。その男たちは苦戦している仲間たちを援護し、やられそうになったら体を張って助けに入っていた。

「す、すまない、助かったよ」

「いいってことよ！　俺たちは一日一善、アルベルトファミリーだ！　困ったことがあればいつでも助けるぜ！」

それはジオたちだった。

以前のような悪人面はどこにいったのやら。皆、穏やかな表情となり、気持ち良さそうに仲間たちを助けている。

人格は人相に表れる、なんて言葉もある。悪人は悪人顔に、善人は善人顔に。

今の彼らはチンピラの頃のような雰囲気は抜け切らないものの、本当に優しい顔つきになりつつあった。

俺はそんなジオたちの姿を見て、こみ上げるものがあり、自然と笑みをこぼす。

「さすがアル様ですね。あんな人たちも改心させるだなんて」

「いやぁ。頑張ったのはあいつらだよ。俺はその手助けをしただけさ」

「どちらにしてもアル様の功績ですね。さすが私のアル様！　半端ないですねっ☆」

全部俺の功績にされた皆たまったもんじゃないよな……。

カトレアの言葉に呆れながら戦闘を眺めていると、ジオたちの援護だけではフォローが間に合いそうにないのが分かった。

「じゃあ皆も頑張っておいで～」

それを見ていたカトレアは【テイマー】で手なずけたスライムたちにそう命令を出した。

スライムたちがピョンピョン跳ねながらモンスターのいる方向へと向かっていく。

スライムたちはジオのように、少し押されている男たちの援護に入る。

意外とスライムも強く、下手したらレイナークの兵士よりも強いかもしれないほどだ。

突進だけで、オークが軽く吹き飛んでいた。

「んふふ〜私だってアル様のために頑張ってるんですよぉ」

頬をスリスリしてくるカトレア。俺は微笑しながら彼女の頭を撫でてやる。

「カ、カトレア！　貴様うらや……無礼な！」

それを目の端でとらえていたローズがカトレアに怒鳴った。

「え〜。ローズもやってもらったらいいじゃない」

「そ、そんなこと人前でできるわけないだろ！」

二人っきりならやってもらいたいようだが、他の誰かがいる時は断固拒否するローズ。

怒るローズと余裕の表情でやりとりするカトレア。

「今は訓練中なんだから、そろそろやめておけ」

「は〜い」

「しかし、アルベルト様……」

「ローズも後で甘えてもいいから」

「……は、はっ！」

顔を赤くし、綺麗な姿勢で返事をするローズ。

甘えることは否定せず、心なしかさっきよりもより一層指揮に気合を入れているような気がする。

「ローズって素直じゃないですよね～。アル様のことが好きならもっと堂々と甘えればいいのに。私みたいにっ☆」

あざといぐらいの笑顔を見せ、スライムのように柔らかい胸を押し付けてくるカトレア。

俺はちょっぴり顔を赤くし、苦笑いしながら彼女に視線を向けた。

穏やかな風が吹き、カトレアの甘い匂いが鼻孔に飛び込んでくる。

そして俺は彼女に優しく囁く。

「いつまで腕を組んでるつもりなんだ？」

「一生でっす」

それは困った。

流石に一生腕を組まれていたら動きづらいにも程がある。

なんてすごく気の抜けたやりとりをして、俺としては楽しかったのだが……。

「グオオオオオッ!!」

「!?」

その咆哮は突如として鳴り響く。

「な、なんの声ですか？」

「……あれだ」

大地を揺らしながらこちらに歩行してくる巨大な影がある。

それは人間のような胴体で肌は漆黒。

二頭の龍の頭を持ち、手には大きな棍棒を二つ握り締めている。

そして体の大きさはとてつもなく、圧巻の一言しか思い浮かばない。

まだ遠くにいるはずなのに姿かたちがハッキリと分かる。

Aクラスモンスター、ドラゴンエティンが、同時に二匹進軍してきていた。

「……どういたしますか、アルベルト様」

ローズが硬い表情と声で俺に聞く。

レイナークの兵士たちはドラゴンエティンを見て、震え上がっているようだった。

ローランドの冒険者たちも慄《おのの》き、後ずさりを開始する。

「やるしかないな」

奴らに勝てるのは俺たちしかいない。

戦うしかないだろう。

と言うか、なぜいつも皆の手に負えないモンスターが現れるんだ。

しかもAクラスモンスターが二匹同時に出現したことにより、大量のモンスターが発生し始めた。

これはまだレイナークの兵士たちには荷が重いかもしれないな……よし。ティアたちを呼ぶか。

俺はティアとデイジーに【通信】で呼びかける。

(ティア、デイジー。問題が発生した。悪いけどこっちに呼ぶぞ)

(にゃはっ！　にゃははっ！　……かしこまりました)

ティアの奴、また元気いっぱいに暴れ回っていたようだな。

俺は呆れ気味に笑いながら【呼出】を使用する。

目の前がキラキラと輝き、ティアとデイジーが空中から顕現《けんげん》するかのようにその場に現れた。

「いきなりで悪かったな」

「ううん。お兄ちゃんが一番大事だから……悪いことなんてないよ」

ピタリと俺の体に身を寄せてきて、デイジーはそう言う。

俺はあまりの愛らしさにガシッと彼女の体を抱きしめる。

するとカトレアもなぜか、デイジーの体を抱きしめた。

「可愛いっ！　私のデイジー可愛いよぉ！」

俺とカトレアから熱い抱擁《ほうよう》を受けるデイジーは、「えへへっ」と嬉しそうに笑う。

なんという可愛らしさ。

なんという天使力。

なんという破壊力。

「ご主人様、ご指示を」

このままずっと彼女を抱いていたかったが、どうやらそうもいかないらしい。

俺はデイジーを放し、ティアとデイジーに命令を出す。

「二人は皆を避難させてくれ。俺はローズとカトレアとでドラゴンエティンを叩く」

「かしこまりました」

ティアとデイジーは空間を開き、レイナークへと仲間たちの避難を開始した。

「行くぞ、ローズ、カトレア」

「はっ！」

「了解っ☆」

二人はソードモードに変化し、俺の左右の手にそれぞれ収まる。
左手にはブラックローズ。
右手にはホワイトカトレア。
二振りの【神剣】を目の前で交差させ、俺は駆け出した。
「今二人はどれぐらい強くなったんだ？　ステータスを見せてくれないか」
『どーぞ、アル様っ』
目の前に表示される二人のステータス。

－－－－－－－－－－－－－－－－－－－－－－－－
神剣ブラックローズ・ソードモード
ＦＰ：６２００　攻撃力：６２００　防御力：０
スキル　剣10　大剣10　銃10
サポート　収納　自動回収　通信　呼出　空間移動　成長加速10
－－－－－－－－－－－－－－－－－－－－－－－－
－－－－－－－－－－－－－－－－－－－－－－－－
神剣ホワイトカトレア・ソードモード
ＦＰ：６２００　攻撃力：３１００　防御力：３１００
スキル　剣10　小剣10　大鎌10　銃10
サポート　収納　自動回収　通信　呼出　空間移動　成長加速10

――――――――――――――――――

以前よりも着実に成長している二人。

いつも頑張ってくれているんだな、としんみりと感動する俺。

「お前たちのおかげで俺はこうして強敵とも戦える。いつもありがとう」

『いいえ。私たちはアルベルト様のために存在する【神剣】。貴方様のために努力をするのは当然のことです』

「ありがとう、ローズ」

『私とは結婚してくれたらそれでいいので気にしないでください☆』

『バ、バカなことを言うんじゃないカトレア！　見返りを求めるなど、【神剣】にあるまじき――』

『あーもうそういうのはだるいから。ほらほら、敵に集中しないと』

俺は苦笑いしながらドラゴンエティンに向かって駆けていく。

「アニキ！　俺らは雑魚《ざこ》を処理します！」

「分かった。だが敵の数は多いから油断はするなよ」

「「了解!!」」

仲間たちが後退して行く中、ジオたちはモンスターたちと激突を開始する。

正面にいた巨大なドラゴンエティンが駆ける俺を認識するとドシンドシン音を立てて走り出し、後ろにいたドラゴンエティンもそれに続く。

尋常ではないほどの揺れを感じてはいたが、俺は平常心で距離を詰めていく。

『アル様、余裕みたいですね』

「気持ちだけは、な。どれぐらい強いのかはやってみないと分からないけれど、気持ちで負けていたら本当に負けてしまう」

『気持ちで勝っているのならば、もうすでに勝ったようなものでしょう』

「だといいけどな」

ドラゴンエティンへ最接近すると、相手は素早く俺の頭上へと右手の棍棒を振り下ろしてくる。

「よっと」

棍棒は俺の体よりもはるかにでかい。

しかし俺はそれを二本の剣で受け止めた。

が、あまりの衝撃に地面にヒビが入る。

『さすがに凄いパワーだ』

『だけど……私たちだって負けてねえし！』

普段聞かないような少々ドスの利いた声で叫ぶカトレア。

「そうだ。俺たちは負けていないし、負けるわけがない」

相手の棍棒を押しのけ、二刀を上段に構える。

ドラゴンエティンは俺たちの凄まじい威力に押され、棍棒を手放してしまう。

そのまま斬りかかろうと足を動かそうとするが——

もう一匹のドラゴンエティンがその巨体で跳び上がり、左手の棍棒を振りかざす。

「くそっ。邪魔だな」

ゴンッ！　と武器同士がぶつかり合い、とてつもない音が鳴り響く。

先ほどよりもさらに激しく、大地に割れ目ができる。

腕も少し痺れたが……問題ない。

二匹同時となると、少々面倒だな。

『アル様。【補助】を習得していいですか？　それならこいつら相手にももう少し楽に戦えると思いま～す』

「ああ。頼むよ」

他人を強化《バフ》することができる【補助】。

ホワイトカトレアが淡い光を放ち、それを習得する。

『【パワーフォース】！』

俺の体を包み込む、白い光。

力が内から溢れ出てくる。

俺は棍棒を剣で受け止めたまま、力強く走る。

「え……えええっ!?」

ブラックローズとホワイトカトレアで相手の体を支えたまま走る俺を見て、ジオが驚愕していた。

遠くから見たら、変な体勢のままドラゴンエティンが飛んでいるように見えるだろう。

そのまま投げ飛ばすように剣で弾いてやると、相手の体はふわっと浮いて地面に倒れ込む。

激しい揺れが起こるが俺はそれをものともせずに跳び上がり、ドラゴンエティンの腹部へ二本の【神剣】を深々と突き刺した。

「ガアアアアアアッ!!」

右手の棍棒を振り回して俺を振り払おうとするドラゴンエティン。

だがそれをホワイトカトレアで弾き返し、ブラックローズを体から引き抜き、再度ジャンプする。

【ツインストライク】!」

剣を振るい、十文字の剣風を生み出す。

ドラゴンエティンは棍棒を投げ出し左腕でそれを防ごうとした。

が、その行為に意味はなく、相手の両腕ごと身体が十字に切り裂かれる。

素振りをするかのように、抵抗なく切り刻まれた肉体は地面に転がり沈黙した。

ふっと短く息を吐き、ジオの方へと視線を移す。

「や、やっぱアニキ凄すぎっすよ」

ジオはドラゴンエティンを瞬殺してしまったことに驚愕し顔を引きつらせつつも、ほんのり高揚しているようだった。

ドラゴンエティンはもう一匹残っている。俺は油断せず剣を構えた。

『【スピードアッパー】! ついでに足も速くしておきますねっ☆』

「助かるよ、カトレア」

『いえいえ~。私はアル様のために存在しているので、このぐらい当たり前ですよっ。お礼はやっぱり結婚でお願いしま~す☆』

『だからバカなことを言っているんじゃない、カトレア。お前こそ戦いに集中しろ!』

『バカなことじゃなくて、やってほしいことを言ってるのっ。ローズだってアル様と結婚できたら

嬉しいんじゃないのぉ？』

『ななな、何を言っている！　アルベルト様は私たちの所持者であって……【神剣】がそんなことを望むわけないだろ！』

俺の手元で剣同士が喋っている様子がおかしく思えてきて、くすりと笑う。

なんだか緊張感がない戦いになったなぁ。

ま、それはいつものことか。

カトレアの強化のおかげで、いつもより速く駆けることができ、一瞬でドラゴンエティンに詰め寄り、背後を取れた。

「⁉」

しかし、棍棒を背後に振り回すドラゴンエティン。

これをホワイトカトレアで受け止め、ブラックローズを上段に構える。

「行くぞ、ローズ」

『はっ！』

ブラックローズが、俺の手の中で黒い大剣へと変化する。重量感がずしりと一気に増す。

そのままブラックローズを力任せに振り下ろし、ドラゴンエティンの肩口から切り裂いていく。

「ガアアアアアアッ‼」

相手の左腕が落ち、左脚の肉を抉り取る。

片膝をつき、右手の棍棒をむやみやたらに振り回すドラゴンエティン。

「レイピアモードだ、カトレア」

『了解ですっ』

細身のレイピアとなったカトレアで、敵の棍棒を捌いていく。

まるで柳《やなぎ》のように、相手の力に抵抗せずに受け流す。

そのうち大きく息を切らせたドラゴンエティンは棍棒を振り回すだけの力さえも失っていた。

最後にソードモードに変形した二本の神剣で相手の胸を穿つと、ドラゴンエティンの体は粒子となりブラックローズに吸収されて消え去っていく。

『楽勝でしたね☆』

「だな。だけどモンスターはまだまだ残って――」

『どうしたのですか、アルベルト様？』

突然、沈黙する俺を心配するように、ローズがそう尋ねてきた。

どこからか俺たちの戦いを見ている者の気配を感じる。

どこにいるのかは把握できないが、確実に誰かがいるな。

「…………」

ドラゴンエティンを俺に宛てがい、こちらの実力を測ったのか？

Aクラスモンスターを動かせるほどの奴か……一体、誰なんだ？

『……大丈夫ですか、アル様』

「ああ……すまない。残りの敵をさっさと倒すことにしよう。二人ともサブマシンガンモードを頼む」

俺の手の中で、二本の【神剣】は黒と白のサブマシンガンへと変化する。

両手の銃から弾丸を乱射し、残りのモンスターを葬っていく。

そのあまりの勢いに、ジオたちがまた驚愕していた。

「わ、分かってはいたけど、アニキには敵わないっすね」

『ふっふーん。アル様のことをもっと褒め称えてもいいのよっ！』

カトレアは自慢げにそんな冗談を口にする。

俺を褒め称えようなんて、そんなことする奴がどこに——

「ははーっ。アニキは最強っす最高っす最上っす！」

ここにいた！

冗談のはずのカトレアの言葉に、ジオたちアルベルトファミリーがこちらに向かい地面に頭を擦り付ける。

俺はその行動に呆れながらもサブマシンガンモードの【神剣】で敵を葬っていた。

『あ、あのさ、ジョークなんだから頭上げなよ』

『カトレア……時にジョークが通じない相手がいるということだ』

ジオたちは起き上がり、戦いを再開させながら俺たちに言う。

「俺たちにとってはジョークじゃないんすよ！　アニキは俺たちを導いてくれるし、本当に最強だし、マジ尊敬してるんす！」

「……褒めるのはまだいいとしても、称えるのだけはやめてくれ」

サブマシンガンモードのけたたましい音のせいで俺の言葉は聞こえづらかったようで、ジオは「なんすか？」と聞き返してきたが、俺はため息をつきながら別のことを言う。

「油断して死ぬのだけは勘弁してくれよ」

「大丈夫っす大丈夫っす！　こんなぐらいなら俺ら絶対負けませんから」

ジオたちは笑みを向けながら軽々とモンスターたちを蹴散らしていく。

俺も微笑を浮かべながらモンスターを蹂躙していった。

◇◇◇◇◇◇

「ご主人様。私や他の【神剣】たちが成長したことにより、二つ新たなるモードが解放されました」

「そうか。仕事もしてモンスターとも戦ってくれて、本当にいつもありがとう。感謝しているよ、ティア」

「いえ。ご主人様のお役に立てて光栄でございます」

レイナークとの合同訓練をした一週間後の夜のこと。

その日の仕事を終えてギルドへと帰ってきたティアはそう報告してきた。

俺はその働きぶりに喜びと感謝の念を抱き、彼女の頭を撫でる。

ティアは嬉しそうに猫耳をピョコピョコ動かしていた。

「わ、私だってギルドの仕事、頑張ってるんだぞ！」

「エミリアも凄い活躍らしいじゃないか。ローランドのギルドの評価がグングン上がってるって、テロンさんも喜んでたよ」

「そ、そうだろ？」

「ああ」

「…………」

頭をこちらに傾けながら、なぜか不機嫌そうに俺を睨み付けるエミリア。

一体どうしたというんだ？

「アルぅ、お前は人の気持ちがよく分かるのに、自分に向けられる気持ちを読み取るのはビックリするぐらい下手くそだよな」

テロンさんがギルドカウンターの向こう側から顔を出し、苦笑しながらそう言った。

「自分に向けられるって――」

「ア、アルさん、大変です……」

ペトラが大層真っ青な顔をしてギルドへと入ってくる。

俺は彼女の前に駆け付け、話を伺う。

「どうしたんだ、ペトラ？」

「く、黒ずくめの男が……」

「なっ……」

ペトラはギルドの外を指差し、怯えた声でそう言う。

俺たちは慌ててギルドを飛び出し、男の姿を探す。

「お前は……」

外に出ると、銀色のターバンを巻いた男が、恐ろしいほどに落ち着いた様子で佇んでいた。

エミリアはレイピアを抜き、ティアは刀に手を置く。

周囲の人たちはターバンの男に大騒ぎをし、それを聞きつけたジオたちアルベルトファミリーの面々、そしてボランとロイもこの場に参上する。

ロイは異世界の空手着と呼ばれる物をベースにした、俺の特製道着を着ていた。

拳は傷だらけで包帯を巻いていて、固唾を呑んでボランたちと共にターバンの男に視線を向けている。

「てめえは、あの時の！」

短剣を引き抜くジオ。

しかし、奴の強さを知ってか、たらりと汗を流すだけで迂闊に接近するようなことはしない。

「アルベルト・ガイゼル」

「……なんだ？」

ターバンの男は冷たい眼、冷たい声で続ける。

「エミリア・スタウトの両親を預かった。返してほしければ神剣を持たずにソルバーン荒地へ来い」

「な……んだと！　てめえ、どういうことだ!?」

エミリアが憤慨し、奴との距離を一瞬で詰める。

しかし、それでも奴は冷静に口を開く。

「俺に手を出すと、貴様の両親は死ぬことになる」

「っ……」

奴の目の前でピタリと動きを止めるエミリア。

男は氷のような瞳で俺の方を見たままだ。

まるでエミリアなど眼中にないような……そこに存在していないかのような態度をしている。

人質を取ったことにより動けないエミリアは敵ではないと考えているのであろう。

そしてそれは正しかった。

エミリアも、そして俺もこいつには手を出せない。

暴発しそうな感情が腹の中で暴れ出すが、俺は冷静を装い、話を続けた。

「エミリアの親父さんと母親は、そこにいるのか？」

「ハッキリ言っておいてやろう。そこに二人はいない。だから姑息な手で取り返そうとしても無駄だ。お前はこちらに逆らうことなく、一人で来い。それだけが二人が無事に帰れる条件だ。分かったな」

「…………」

俺が静かに首肯すると、男はゆっくりとした動きで町を去っていく。

「エミリア……」

「…………」

エミリアは湧き上がる感情を抑えきれないようで、怒りに満ち満ちた表情をしていた。

周囲全てを凍らせるような威圧感。

ジオたちはそのエミリアの様子と威圧に震え上がり、ダラダラと汗をかいている。

「まさか、人質を取られるとはな……」

「だけど！　なんで私の親なんだよ⁉」

俺は申し訳ない気持ちでエミリアの瞳を覗き込む。

エミリアは俺の気持ちを察したのか、視線を逸らす。

「ご主人様のことをよくお調べになっているご様子ですね。両親もいなければ肉親もいない。人質を取るとするなら、この町の住人か……」

「私の両親ぐらい、か……」

エミリアが怒りのままに地面を踏みつけると、ピシピシッと地面にヒビが入り、アルベルトファミリーが震え上がった。

「アル！　それでどうすんだよ？　ああっ⁉」

「どこに捕まっているのかも分からないんだ。今は行くしかないだろう」

「だけど、アル！」

エミリアは心配そうに俺を見上げる。

彼女の瞳は気の強さと不安な色が混じり合っているが、とても綺麗で、俺の心臓が高鳴るのが分かった。

「し、心配してくれてるのはありがたいけれど、今はどうしようもないだろ？　大丈夫だよ。ティアたちがいなくても、俺はそこそこ戦えるしな」

俺はギルドからこちらの様子を窺っていたテロンさんに手を振り、声をかける。

「テロンさん。今余ってる武器はあるかい？」

「あ、ああ。ちょっと待ってろ！」

テロンさんは狼狽《うろた》えながらギルドの中へと武器を探しに行ってくれた。

「お兄ちゃん……」

すると、ティアから【通信】で連絡を受けたのか、デイジー、ローズ、カトレアが空間を開けて一斉にローランドへと帰還してきた。

デイジーは一早く俺の胸に飛び込んできて、ウルウルした瞳で俺を見上げる。

カトレアは俺の腕を取り、ローズはティアの横につく。

「本当に一人で行っちゃうの？」

「ああ。仕方ないさ。ま、なんとかなるだろ」

「どこのアホだか知らないけど……何やってくれてんだよ！　クソッ！」

カトレアが瞳に怒りの炎をたぎらせ、怒声を放つ。

俺はカトレアに一瞬視線を向け、ティアの方を見る。

「何があるか分からない。後のことは任せた」

「しかし、ご主人様……」

「言ってはなんですが、エミリアのご両親のために命を投げ出すと言うのですか？　冷たく思われるかも知れませんが、私たちはアルベルト様の命こそが第一。わざわざ危険と分かっていて赴かなくとも……」

ローズは【神剣】の皆が思っていることを代表し、そう言った。

嫌われ役を買って出てくれたことはありがたいし、言っていることも当然だと思う。

他人のために自分の命を危険にさらすことはない。

だけど俺はエミリアの両親には可愛がってもらったし、世話にもなった。

彼らを見捨てるほど非情になることもできないし、それに……。

「だけど、俺には二人を見捨てることはできない。あの二人が死んだらエミリアが悲しむ」

「……アル」

エミリアは少し涙ぐんだ目で俺を見上げていた。

そう。俺はエミリアの悲しむ顔なんて見たくない。

彼女には勝気で、いつも強気で、負けん気溢れる人間でいてほしい。

エミリアのためにも、俺は二人を見捨てはしない。

見捨てられないんだ。

「……せめて、二人がいる場所が分かれば……」

ギリッと歯ぎしりをするエミリア。

俺はそこで、ある能力のことを思い出し、デイジーの顔を見つめる。

「?」

「……【探知】だ」

「あっ……」

デイジーが明るい表情を向け、俺の服の袖をギュッと掴む。

「どうしたんだよ、アル?」

「【探知】というスキルを使えば、エミリアの両親の居場所が分かると思う」

「ほ、本当か!?」

「ああ。多分だけどな」

【探知】スキルの範囲は2キロほど……。

エミリアの両親が住んでいたのは、マーフィンから西にあるウェスター。

あそこには行ったことがあるから、【空間移動】も可能だ。

ギルドから出て来たテロンさんから銀製の剣を受け取り、それを腰に帯びる。

そしてウェスターとの空間を繋げ向こうへと移動し、【探知】を発動した。

「………」

目を閉じ、二人の姿を思い浮かべる。

頼む、見つかってくれ……。

そう願いながら探っていると、西の方に二人の反応があった。

俺は心の中でガッツポーズを取り、目を開いて口を開く。

「西にいるな……二人は数人の人間とモンスターに囲まれているようだ」

「モンスターに!? そうか……前にローランドに来た奴らも、モンスターとグルだったからな」

舌打ちをして、エミリアは西の方角を睨み付ける。

俺は再度空間を広げ、レイナークの北側辺りへの穴を広げた。

「じゃあ行ってくるよ」

「アル。こっちのことが終わるまでなんとか耐えてくれ」

エミリアは俺の手を握りながら、そう言った。

俺は笑みを浮かべ、短く頷く。

「あ、あの……俺らもそっち行ってもいいっすか？」

「いや、だけどあいつは一人で来いと言っていたんだ。お前たちは一緒には来れないぞ」

怯えた様子のジオは、エミリアには聞こえないように俺に耳元で囁く。

「アニキ……あんな怒ってる姐さんに付いていくのは勘弁してください」

滝のように涙を流しながら懇願するジオ。

アルベルトファミリーも同じ気持ちらしく、病的に身体を震わせながらこちらをジッと見つめている。

「わ、分かった。お前たちはこっちに来て、近くに潜んでいてくれ」

「「「あざーっす!!」」」

喜びに震えるジオたち。

そんなにエミリアが怖いのか……。

「皆も気を付けてな」

エミリア、そしてティアたちは心配そうな目をして俺を見送る。

俺は空間を通り抜け、北へ向かって歩き出す。

一時間ほど進んでいると、草原が徐々に草の枯れた、荒れた大地に変わっていく場所があった。

境界線は曖昧《あいまい》ではあるが……ここからソルバーン荒地だ。

「お前たちはここで待機していてくれ」

「了解っす。だけど俺ら、アニキがピンチになったら飛んで出ていきますよ」

「ジオ……そんなことしたら、エミリアの両親が……」

「そうかもしれねえっすけど、でも俺ら、姐さんの親だったとしても、アニキの方が大事なんで」

「…………」

俺は真剣な表情でそう言うジオたちに、何も言えなかった。

純粋にその気持ちは嬉しかったが、エミリアの両親のことだってある。

複雑な心境で、ジオたちの顔を見つめていた。

後は、エミリアたち次第か……。

ジオたちはソルバーン荒地の方からは見えない場所に隠れ、注意深く俺の方に視線を向けている。

ソルバーン荒地にはすでに多くのモンスターが集結しており、天空には飛翔する大型モンスターが三匹。

金属のように硬質な赤い肉体を持ち、月明かりを反射させながら旋回している規格外のサイズのそれは――アダマンティンドレイク。

文句なしのAクラスモンスター。

俺はアダマンティンドレイクを見上げながら固唾を呑み込む。

あんなの【神剣】がなければどうしようもないぞ……。

生きて帰れるかな？

◇◇◇◇◇◇

「悪いけど、私に付き合ってくれるか？」

「ええ。ご主人様の命がかかっていますので、嫌々《いやいや》ではありますがやらせていただきます」

「嫌々かよ」

ほんのり顔を染めてティアはエミリアに答える。

それは照れ隠しだとエミリアも理解しているので、苦笑いを向ける。

「では、私たちもフォローする。しかしエミリア、先に謝っておく」

「なんだ？」

「私たちにはアルベルト様以上に大事な物などない。いざという時、私たちはアルベルト様の命を選択させてもらう」

「そういうこと。ちょっと冷たいかもしれないけど、ごめんね」

ローズとカトレアは真剣な顔で言う。

「いや……どちらかの命しか選べないというのなら、お前たちの選択は仕方ないことだ。気にするな」

エミリアもそのことを当然のように承諾した。

彼女たちの思いを考えればそうするであろう。

自分も他人の親とアルの命だったら、きっとアルを選択するはずだ。

だから彼女たち【神剣】の選択は正しいのだ。

「あ、あの……僕にもできることがあれば言ってください」

おずおずと口を開くロイ。

しかしそのロイの言葉にため息をつくエミリア。

「ロイ。お前の気持ちはありがたい。だけどな、この先にはモンスターが待ち構えているんだ。危険に決まっているし、アルの命もかかっている。こんな時に弱いお前を連れていくわけにはいかないんだ」

「ぼ、僕、なんでもやりますから」

ロイはずいっとエミリアに近づきそう言うが、エミリアは嘆息してロイに背中を向ける。

「言っちゃ悪いけど、足手まといだ。来られたら困る」

「………………」

エミリアの言葉に俯くロイ。

せっかく訓練をしたのに力になれないのが悔しい。

仲間が困っているというのに何もできないなんて……。

ロイは悔しさに歯を噛みしめ、拳を力強く握る。

ボランはロイの肩に手を置き、怒声で慰めの言葉をかけた。

「いつかてめえにも誰かを守らなきゃならねえ時がくる。なんだって順番なんだよ！　守られて、それから守って。だから今はてめえはまだいいんだよ！　気にすんなよコラッ！」

「………………」

エミリア、ボランたちはロイを置いて、エミリアの両親がいるであろう場所へと向かう。

町から出て1キロほど西に向かったところに森があった。

砂利《じゃり》道の小石の感覚を靴に感じながら森を進んでいくと、高さ10メートルほどの崖に囲まれた場所へと出る。

「親父……母さん」

エミリアたちは物陰に隠れて二人の様子を窺う。

壁際に縄で縛られたエミリアの両親がおり、その周囲に五人の黒ずくめの男、周囲には五十匹ほどのモンスターがウロウロしていた。

グリフォン、ヴァンパイア、そして大木に手足がついたモンスター、エントなどがいる。

それら全てはCクラスで、普段こんな場所に出現するようなモンスターではなかった。

「で、どうすんだよ、ああっ⁉」

「声が大きいっての！　バレたらどうすんのよっ」

ボランの声にカトレアが小声で怒る。

しかしボランは気にするようなことはなく、ギロリと敵を睨み付けるだけだ。

「……突っ込むか？」

「エミリア……もう少し頭を使いましょう」

エミリアの発想に呆れるティア。

あまり頭を使うのが得意ではないエミリアは真剣そのものなので、ティアの態度にムッとする。

「じゃあ、どうすりゃいいんだよ？」

「人質がいるから迂闊には動けない……今は様子を見るしかないだろう」

「くそっ……」

アルのことがあるので、あまりゆっくりしている時間もない。

今すぐに飛び出したい衝動を抑え、ティアたちは好機を待つばかり。

それが来るのかどうかも分からないが……今はそれを待つしかない。

◇◇◇◇◇◇

「よっと」

オークの肉体を銀の剣で切り裂き、後ろから迫るオルトロスの牙を避け、上空に力任せに蹴り上げる。

尋常ではない数のモンスターが俺を取り囲み、もう逃げる場所などどこにもない。

そう易々と死ぬつもりもないので、とにかく生きるために抵抗をし続けろ。

次々に迫るモンスターを切り伏せていくと、今度は上空を舞うアダマンティンドレイクが特大の炎を吐き出しながら俺に接近してくる。

「これは食らったら、一瞬で消し炭になってしまうな」

それを走って避けると、アダマンティンドレイクは射線上にいるモンスターを焼き払いながら突き進んでいく。

【身体能力強化】のサポートのおかげで、あれを避けること自体は難しくない。

このまま避け続けて周囲の敵を減らしてもらうことにしよう。

そうすればそのうちモンスターもいなくなる。

だがやはり三匹のアダマンティンドレイクが大きな問題として残る。他のモンスターを倒したところで、こいつらをどうするかだな。

「っと」

一匹から逃げつつ大地にいるモンスターを倒しながら思案していると、別のアダマンティンドレイクが炎を散らしながらこちらに向かってくる。

炎を回避すると三匹目のアダマンティンドレイクが時間差で炎を吐き出す。

俺はさらに加速し、それらをなんとかやり過ごした。

「このままいけばなんとかなるか……、っ!?」

ゾクゾクッと背筋に冷気が走る。

目の前のモンスターが道を開け、人間にしか見えない白髪の男が近づいてくる様子が見えた。

モンスターの集団は俺と距離を取りながら大きな円を作る。

まるで一つの闘技場が出来上がってしまったかのような感覚だ。

目の前に現れた男……モンスターでいいんだよな?

奴は気怠《けだる》そうな瞳で俺を見据えている。

月明かりに照らされながら現れた男に、俺は訊く。

「お前は?」

「……ブラット、ニィ」

「ブ……」

ブラットニー……滅殺のブラットニー!?

四害王がなんでこんなところに……。

俺はたらりと汗を流し、剣をブラットニーに向ける。

アダマンティンドレイクをなんとかしなければいけないというのに……あいつら以上に厄介な奴が現れてしまった。

どうやって凌ぐ？　どうやって耐える？　どうやって乗り切る？

勝つのはどう考えても不可能。なんとかして生き延びろ、俺。

◇◇◇◇◇◇

五人の男はエミリアの両親を取り囲んだまま、石像のようにピクリとも動かない。

何が起ころうとも人質から離れることなく、命令一つでいつでも迷いなく人質を殺すであろう冷たい瞳。

間違っても同情から人質を解放してくれるような優しさは持ち合わせていない。

温かさなど一欠片《かけら》もない、冷酷な存在。

それをよく理解しているエミリアたちは、物陰から一歩も動けないでいた。

エミリアの両親は何が起こっているのかも分からず、男たちを見上げて怯えている。

「おい、いつまでこのままでいるつもりだよ、ああっ!?」

「だから声大きいって。……でも本当にどうする、お姉ちゃん？」

「…………」

ティアはカトレアの問いかけに何も答えることができない。

人質が向こうの手にある限り、どうしようもないのだ。

動くことなどできない。

エミリアの両親を助ける手段はないのか？

どうすれば……どうすれば。

どれだけ考えようと答えは出ない。

膠着《こうちゃく》状態が続く中、突如アクシデントが発生する。

それは相手側ではなく、こちら側――ローズに起こった災難だ。

ローズらが隠れている場所の近くに生えている木の上から、蜘蛛が糸を垂らして降りてくる。

それはピタリとローズの顔に止まり――

「ぎゃ――――!!」

どんな状況であろうとも、苦手なものはどうしようもない。

叫んではいけないと思いつつも、無意識に大騒ぎするローズ。

「蜘蛛！　蜘蛛！　蜘蛛ぉ!!」

「ちょ、ローズ！」

「あっ……」

ローズは蜘蛛から逃れるため、モンスターが徘徊している広い場所へと飛び出してしまう。

「………」

男たちは短剣を抜き放ち、ローズを警戒する。

「くそっ！」

エミリアたちも後を追って飛び出し、ローズと並んで武器を手に取った。

「なぜここが……まぁそれはいい。エミリア・スタウト。動けば貴様の両親は死ぬことになる」

「このクソが」

怒りに顔を歪ませるエミリア。

男たちはエミリアたちの登場に心を乱すことなく、冷静に彼女たちを見据えていた。

「ほ、本当にすまない、エミリア」

「……気にすんな。どっちにしても動けないのは変わらないからな」

青い顔で詫びを入れるローズ。

エミリアはそれでも依然として動けないことに苛立ちを隠せないでいた。

「貴様らは、モンスター相手に無抵抗でいてもらおうか」

「ああっ⁉ 無抵抗だと⁉」

黒ずくめの男の一人がエミリアの母親の首元に短剣を宛てがう。

「エ、エミリア……何が起きてるのかは分からないけど、私たちのことは気にしないで！ あんたのことだから間違ったことはやっちゃいないんだろ？」

「そうだけど……母さん」

「戦え！ 俺らを気にすんじゃねえよ！」

先ほどまでは男たちに恐れていた両親であったが、エミリアの姿を見て死ぬ覚悟を決めた。

人質に取られた自分たちのせいで娘が動けないでいる。

だったら自分たちがいなくなればエミリアは迷いなく行動できるはず。

エミリアの両親はわずか一秒にも満たない時間でそんな覚悟を決めてしまったのだ。

だがそれでも、エミリアは一歩も動けずにいた。

そしてとうとう、レイピアを地面へと放り投げてしまう。

「エミリア！」

「悪い。私のためを思ってくれるのは嬉しいけどさ、私だって同じ気持ちなんだよ。私は二人に死んでほしくない」

「頼む……生きてくれ、エミリア」

悲しそうに笑うエミリアに、大粒の涙を零す両親。

ティアたちもエミリアに同調するように武器を手放していく。

「……本当に悪い」

「これはツケにしておきます。これが終わったら、ご主人様のことは諦めてもらいますから」

「はっ！　それはごめんだね」

一筋の汗を流し、モンスターを睨み付けたまま笑うエミリアとティア。

そしてモンスターたちは容赦なくエミリアたちに襲い掛かる。

◇◇◇◇◇◇

統率《とうそつ》のクリフレッド――

それは、四害王最強の男であり、モンスターたちの頂点に立つ者。

真っ黒な髪に乙女《おとめ》のように白い肌。

目は紅く、血は青い。

王族のような服で着飾っているが、着る物だけではなく、身体から高貴なオーラを発する魔物らしからぬ存在。

最強の魔族にして、魔族の中で最も穏やかな男。

そんな彼は数十年前、一匹のシャドーウルフと邂逅《かいこう》した。

影のように真っ黒な狼。

その狼は、ソルバーン荒地から遥か北にある、クリフレッドの住処であるヴァンダイン城を傷だらけの身体でボーッと見上げていた。

禍々しい森に囲まれていたそれは、魔族が住んでいるとは思えないほど美しい城。

こんなところに魔族の王が住んでいるのか、と考えながら見惚れてしまっていた。

「シャドーウルフか……こんなところでどうしたんだ？」

穏やかな声でそう言ったのは、クリフレッドであった。

サッと頭を垂れるシャドーウルフ。

クリフレッドはシャドーウルフの思考を読み、ニコリと笑いかける。

「別に城の敷地に踏み入れたことを怒っているわけじゃない。ただ、何をしているのか気になっただけだ。シャドーウルフがこんなところにいるのは珍しいからね」

シャドーウルフはDクラスのモンスター。

ヴァンダイン城の周囲には最低でもCクラスのモンスターしかいないはずだが、シャドーウルフのような低級のモンスターがこんな場所にいることは奇妙であった。

「ふうん……はぐれて、こんなところまで来てしまったのか……なら、今日からここで住むのはどうだい？」

驚愕するシャドーウルフ。

まさか、自分たちの王がそんな優しい声で、そんな優しいことを言うだなんて。

シャドーウルフは、いつも敵意にさらされてきた。

群れからはぐれてしまい放浪するも、どこへ行っても、同種族であろうが別種族であろうが、同じモンスター同士だというのに、敵扱いを受けていた。

仲間のはずなのに、憎しみの対象であった。

理由なんて分からない。

はぐれてしまったモンスターの宿命なのだろう。

なのに……なのに彼は、こんなにも優しい。

悪意にさらされてきた心を覆っていた殻が、ほろほろと崩れていく。

シャドーウルフは、一瞬でクリフレッドに心酔してしまっていた。

「これからはここで穏やかに生活をしていくといい。俺がもうお前を傷つけさせはしない」

だが、シャドーウルフは首を横に振る。

ここで生きていくのはいい。

だけど、ただぬくぬくと生きていくのではなく、クリフレッドの役に立てるように強くなりたい。

自分は、この人の力になりたい。たとえ今は弱くとも……必ず強くなって、彼のためにその力を振るおう。

「……そうかい。分かった。期待しているよ」

目を細めてシャドーウルフを見つめるクリフレッド。

クリフレッドを力強い瞳で見上げるシャドーウルフ。

「お前には、名前をつけてやろう。そうだな……ブラットニーというのは、どうだ？」

その日、ブラットニーの名を授かったシャドーウルフは、クリフレッドのために強くなり続け進化し、やがて現在の姿へと変貌を遂げた。

そして彼はアルの前へと姿を現すこととなる。

それは決してゴルゴのためなどではなかった。

クリフレッドのため、クリフレッドの脅威になる可能性の芽を摘むため、アルを滅殺するため姿を現したのだ。

◇◇◇◇◇◇◇

「…………」

「…………」

無言でこちらとの距離を詰めてくるブラットニー。

奴の見えない圧に息が詰まりそうになる。

とにかく死なないことを最優先。

勝つなんて幻想は抱かない。

一定の距離を取り続けろ。

絶対に接近させるな。

ブラットニーが一歩近づくと俺は一歩後退し、奴が三歩進むと俺は三歩下がる。

「………」

相手は怠惰な瞳で俺の心を覗き込むかのようにジロッと見てくる。

するとピタリとその場に止まり、グッとしゃがみ込んで、両手を地面につく。

「？」

何をするつもりだ？

そう考えた瞬間、ブラットニーは風の如き迅さで、俺に向かって一直線に飛翔するような跳躍を見せた。

わずか一歩で俺との距離がゼロになる。

俺は慌てて、剣でブラットニーを迎え撃つ。

斬れるか？

相手の首を突き刺すように、剣を突き出す。

が、ブラットニーはその一撃を、右拳で粉砕してしまった。

「勝てるとは思っていなかったけど、まさかここまでとはな」

「お前、弱、い」

カチンときた俺は、眼前に迫るブラットニーに折れた銀の剣を投げつける。

それをため息交じりで軽く左手で払うブラットニー。

「！」

ブラットニーがため息をついた瞬間、真下から俺のボンッと空気を爆《は》ぜさせる速さの足刀《そくとう》が眼前に迫る。辛うじて避けたブラットニーは後ろに跳び退いた。

俺はさらに拳を叩き込もうと近づく、が。

何やら嫌な予感が過り、俺は踏み留まってブラットニーの動きを観測する。

するとブラットニーの左腕が影となり、ガバッと大きな狼へと変貌した。

それは人間一人ぐらいなら易々と呑み込んでしまえるほどの大きさで、俺を狙って大きく口を開いて襲いかかってくる。

思いとどまって良かった。ギリギリ反応して回避できるぐらいの距離だ。

俺は横に跳び、その影を回避する。

これは食らったら洒落《しゃれ》じゃ済まない。

きっと痛みを感じる間もなく、一瞬であの世逝きだ。

「意外と弱くな、い」

「お前の強さは意外じゃないな。魔族の頂点に立つ四害王。その名は伊達《だて》じゃないようだ」

俺は一定の距離を取りつつ話を続ける。

「お前はなんで俺と戦いにきた？　こちらからしたら、お前にこうして命を狙われる理由に、身に覚えがないんだけどな」

「…………」

何も答えるつもりはないか……。

ブラットニーは依然として気怠《けだる》そうな瞳で俺を見据えている。

何を考えているのだろうか。

そう思案した瞬間であった。

月明かりに照らされ俺の足元から伸びている影が、狼の形となる。

「――嘘だろ」

狼は牙を剥き、今まさに俺を咬み砕こうとしていた。

◇◇◇◇◇◇

「あはは……ちょっと本気でこのままやられちゃう感じ？」

「テ、ティアお姉ちゃん……どうしよう？」

カトレアとデイジーは大いに慌て、ティアの背に隠れていた。

ティアは武器を手放したものの、どうするべきかを思案している。

動くべきか、動かざるべきか……ここでみすみす死ぬわけにはいかない。

だがエミリアの両親を見捨てるというのか。

最悪その選択をしようと考えてはいたが、いざとなったら判断が鈍る。

そんな風に考えている間にもモンスターは一歩、また一歩と近づいてきていた。

「ど、どうすんだよ、ああっ!?」

エミリアもティアも、限界だと感じていた。

もう、やられるしかないのか……。

グリフォンの吐く息がエミリアの顔に当たる。そしてエミリアを引き裂こうと爪を振り上げた。

「くっ！」

目を閉じるエミリア。

やられる！　その場にいる誰もがそう覚悟を決めた……その時であった。

「うわあああああああああ!!」

「えっ!?」

まさかの出来事が起こった。

なんと崖の上からロイが飛び降り、人質を守るように前に立ちはだかったのだ。

高い所から飛び降りたことにより、ロイの足は痺れている。

さらに足が恐怖に震え出す。


怖い怖い怖い怖い。

呼吸が浅くなる。全身が恐怖に震える。内臓が痛い。

でも、逃げるわけにはいかない。

僕は大事な物を守るって決めたから。

覚悟を決めたから。

エミリアさんはアルさんの幼馴染で、僕たちの町を守ってくれた人だ。

そんな人の親なら、守って当然だ。

辛くても、怖くても、痛くても、絶対に逃げない。

僕は、この人たちを守り切る！

たとえ僕に力がなくても！

「こ、この人たちにはこれ以上、指一本触れさせない！」

「………………」

男たちは突然のロイの登場に顔色一つ変えることなく、彼の胸を短剣で切り裂く。

「いっ……」

あまりの痛みに泣き叫びそうになるロイ。

だが声を我慢し涙を堪え、身を挺して二人を守る。

連続で男たちはロイの体を切り刻んでいく。

ロイは泣き叫ぶことなくそれに耐える。

だが、状況は一変した。

「足手まといなんて言って悪かった、ロイ」

両親をロイが命がけで守ってくれるおかげでエミリアは動くことができた。

もう我慢する必要はない。これで心置きなく相手を倒すことができる。

そう考えるエミリアは眼前まで迫ったグリフォンを前蹴りで吹き飛ばしてしまい、落ちたレイピアをサッと拾い上げ、男たちに迫った。

「お前のおかげで助かった。礼を言う」

怒りのままに、神速の斬撃を放つエミリア。

目で捉えられない剣閃を受け、男たちの肉体がバラバラと崩れ落ちていく。

「ティア、行け！」

「ええ」

ティアはアルと【通信】でやりとりをし、瞬時に【呼出】でアルの下へと飛ぶ。

ローズたちは武器を拾い上げ、モンスターたちに攻撃を開始する。

「やるじゃねえか、ああっ⁉」

「は、ははは……僕でも、なんとか力になれましたか？」

ボランはモンスターを倒しながらロイに近づき、膝をつく彼に声をかけた。

「なんとかどころの話じゃねえ。てめえが状況を変えたんだ！　胸を張れ！　てめえは弱くねえ。心の強い人間だ！」

「……ありがとうございます」

初めて人から強いと言われ、泣きそうになるロイ。

そして人を助けるという行為に無上の喜びを感じ、傷だらけの身体でうっすらと笑みを浮かべる。

「悪かった、二人を巻き込んで」

エミリアは両親の縄を切りながら、二人に謝罪する。

「……許せないな」

「……悪い」

父親は立ち上がり、小さなエミリアを睨み付ける。

「自分の命より俺たちの命を選んだこと、あれは許さないぞ！」

「え……？」

「エミリア。親は自分の子供には、なんとしてでも生きてほしいものなのよ。たとえどんな状況であろうと、どんな罰が下ろうとも私たちはあなたの命を選ぶわ。だから……これからは私たちよりあなたのことを優先して頂戴」

「そうだそうだ！　親より早く死ぬ娘がどこにいるんだよ！　このバカタレが！」

「親父……母さん」

二人が生きていたこと、そして二人の気持ちが嬉しくてエミリアは子供のように笑った。

「ロイ。本当にありがとな。お前は勇気ある、最高の仲間だ」

「エミリアさん……」

そんなエミリアに無邪気な笑みを向けるロイ。

和やかな雰囲気が、エミリアたちを包み込んでいた。

「ちょっとちょっと！　そんなことやってる場合じゃないでしょ！　こっち手伝ってよ！」

「「「あ」」」

必死に戦うカトレアたちの方に目をやるエミリアたち。

真後ろで戦っていたというのに、完全に彼女たちの存在を忘れてしまっていた。

◇◇◇◇◇◇

ブラットニーが生み出した狼の牙に食われる――そう思った瞬間であった。

ティアから「行けます」と短い【通信】が入ったのは。

俺は返事をするより早く、【呼出】でティアを召喚する。

カッと眩い光が走ると、俺の右手にブルーティアが現れた。

「！」

俺を守る、透明な防壁。

それはボール状に俺の身体を包み込んでおり、狼の牙を受け止める。

「た、助かったよ、ティア」

『間に合って何よりでございます』

俺は安堵し、大きなため息をつく。

影は元に戻り、ブラットニーの方に視線を戻すと、奴はブルーティアを凝視していた。

驚くような様子も見せず、ただただ無言で佇んでいたようだが、急に周囲のモンスターたちにくいっと首で合図を送った。

すると周りにいるモンスターの大群がドッと一斉に襲い掛かってくる。

「周囲の敵より、上にいる奴らの方が厄介だ。ブラットニーを抑えつつ、あいつらを倒したい」

『では、新しいモードで戦いますか？』

「ああ。そうしよう」

【ダークネススラッシュ】を発動し、自身の数倍もある漆黒の刃を作り出し、コマのように回転する。

接近してくるモンスターたちを、紙を切るかの如く簡単に切断していく。

そして全力で跳び退き、集団から脱出し遠くへ着地する。

「ティア、タンクモードだ」

『かしこまりました』

そう言うなり【神剣】がいつもより激しい光を放つ。

ブルーティアの放つ蒼い光はほんのり温かく、輝きは増すばかり。

ゆっくりと光が収まるとブルーティアは――強固な装甲に覆われた巨大な『戦車』へと変形していた。

太く長い砲身に、蒼い装甲。

どんな場所でも移動できそうな頑丈な無限軌道と呼ばれる車輪。

車体は何人も乗れそうなほど大きく、その異質で威圧的な外装にモンスターたちは戸惑っている様子であった。

俺はすでにブルーティアの中に搭乗しており、静かに中を見渡していた。

革張りの黒いシートがあり、いくつかのモニターと呼ばれる物が取り付けられている。

黒いハンドルに足元にはペダル。

目の前には外を見るための長方形の覗き窓がある。

「ティア、このモードの特性は？」

俺は操縦席に座り、覗き窓から外を眺める。

『圧倒的な火力と装甲を誇る代わりに、莫大《ばくだい》なＦＰを消費するようになっております』

「時間はどれぐらい持ちそうだ？」

『三匹のアダマンティンドレイクを倒すぐらいならば問題ありません』

操縦席に響くティアの声。

俺は頷きハンドルを握り、ペダルを全力で踏む。

【操縦技術】を習得しているおかげで、運転はお手の物だ。

初めて見る物なのに、当たり前のように操縦法を理解できている。

「では行こうか。ブラットニーを警戒しつつ、あいつらを倒す」

大きなエンジン音を鳴らしながら、ブルーティアは動き出す。

「操縦は俺がする。射撃は頼んだぞ、ティア」

『かしこまりました』

ドドドッと荒地を駆けるブルーティア。

モンスターの大群はブルーティアの迫力に近づけないでいる。

アダマンティンドレイクは圧倒的な存在感を放つこちらに狙いを定め、同時に三体こちらに向かって移動を開始する。

『では、参ります』

「頼む」

自動的に砲身が動き、一番左側を飛んでいるアダマンティンドレイクに照準をセットする。

『ファイア』

ドゴンッ！　という爆発音が鳴り、衝撃が大地を叩き、激しい火花を散らしながら140mm砲から砲弾が飛び出していく。

それは猛スピードで飛翔していき——あっさりとアダマンティンドレイクの体に風穴《かざあな》を開ける。

バラバラと鱗が剥がれ落ち、その肉体も力を失い地面に落下していく。

落ちたアダマンティンドレイクの体は地面を陥没させ、モンスターを巻き込みながら大量の砂埃をまき散らす。

ブラットニーの様子を窺うが……なぜか奴は微動だにしていない。

理由は分からないが、この機会を逃す手はないな。

砲身は次のアダマンティンドレイクに照準を合わせ——

『ファイア』

爆発的な勢いで飛んでいく砲弾。

右側を飛ぶアダマンティンドレイクの胴体を貫き、撃墜する。

先ほどの奴と同じく、天から墜落していく赤き巨竜。

その二匹は絶命し、光となってブルーティアに吸収される。

『ご主人様、来ます』

最後の一匹が炎を放出しながらこちらに飛んできていた。

俺はハンドルを右に切り、炎の軌道から素早く逃れる。

炎を止めて、飛んでいくアダマンティンドレイク。

旋回しようとしているのだろう。

だがブルーティアの砲身が九十度旋回し、狙いを奴に定める。

『ファイア』

三度目の砲撃も相手の体を問題なく、支障なく、滞りなく貫いた。

アダマンティンドレイクが落ちた衝撃は、ブルーティアの中までも響く。

「想像していた以上に楽勝だったな」

『それだけ私たちの実力が向上していたということでございますね』

光を放ち、ブルーティアがソードモードに戻る。

「ティアさんが来てるぞ！　俺らも行くぜ！」

「「「おおおっ!!」」」

ジオたちアルベルトファミリーがティアの姿を確認し、全力で駆けつけてくる。

「アニキ！　雑魚は俺らに任せておいてください！」

「敵の数は多いんだから、無茶するなよ」

「了解っす！　死なないようにぶっ殺してきます！」

モンスターの大群へ向かっていくアルベルトファミリーたち。

ブラットニーはこちらに視線を向けたと思うと、モンスターの端の方に避け、ポツンと単独で荒地に立つ。

「一対一でやり合おうということか」

『こちらに勝つ自信があるのでしょうか？』

「さぁ……だけど、挑発には乗ってやることにしよう」

俺はモンスターたちと距離を取り、ブラットニーへと近づいていく。

するとすると背後に空間の穴が開き、エミリアたちが飛び出してくる。

「アル！　おかげ様で親父たちは無事だ！」

「ああ。無事で良かったよ」

「サンキューな！」

アルベルトファミリーと合流し、彼らよりも速くモンスターに攻撃を開始するエミリア。

背後からデイジー、それにボランとロイが駆けている。

「お前ら！　気合入れろ！」

「よっしゃー！　姐さんに続くぞ！」

「「「おう!!」」」

さらにはローズがレイナークの兵士を、カトレアがローランドの冒険者を、それぞれ空間の穴から引き連れてやってきた。

「行くぞ！　どれだけのモンスターがいようとも、我らに負けの二文字は存在しない！」

「「「イエス！　マム！」」」

「皆であいつら、ぶっ倒そうねぇ☆」

「「「任せておくれ、カトレアちゃ〜ん!!」」」

激突する人間とモンスターたち。

もみくちゃになりながら戦う仲間たちの怒声が響く中、ティアが俺に声をかける。

『ご主人様、輪が広がっていますね。これだけの人がご主人様を助けにやってきてくれるなんて』

「ああ……」

仲間たちの姿を見つめ、俺はこみ上げるものがあった。

マーフィンを出た時は俺とティアだけだったはずなのに、縁は広がり大きな輪になりつつある。

『人と付き合う時は真剣に、自分の家族のように扱え』


母さんの言った通りだ。

今まで人を大事にしてきた結果、こうして皆が俺たちのために集まってきてくれたんだ。

俺は感動を胸の中に抱きつつも、ブラットニーへと視線を戻す。

感動に浸りたい気分ではあるが、目の前には強敵がいる。

『喜びを噛みしめるのは、彼を倒した後でございますね』

「だなっ」

俺とブラットニーは粛然《しゅくぜん》と互いに視線をぶつけ合う。

「お前に恨みはな、い。だけど、クリフレッドの障害になるのなら滅殺す、る」

「クリフレッド……四害王の?」

俺が障害になる?

なんでそんな話に……。

「ドラゴンエティンとの戦い、見て、た」

「……お前だったのか」

ドラゴンエティンとの戦いの時に感じていた妙な視線。

まさか四害王がこちらを観察していたとはな。

「だけどあれで分かっ、た」

「何が分かったんだよ？」

ゆらりとブラットニーの体が左右に揺れ出す。

とてもゆっくりな動きだが、妙な怖さがある。

まるで幽霊のような、この世ならざるものの気配。

じわっと汗が滲み、ブルーティアを構えて相手の動きを警戒する。

「お前には勝て、る」

『えらく見くびられたものですね』

「まったくだ。俺はあの時、全力を出しちゃいなかったというのに」

「あれが全力でなかったとして、も、俺が勝、つ」

「！」

突如、風のような速さでこちらとの距離を詰め始めるブラットニー。

タイミングを合わせて奴の頭を狙い、ブルーティアを振り下ろす。

しかしブラットニーは大地から伸ばした影でそれを防いでしまう。

それと同時に、奴は右手を槍に変化させて突き刺そうとしてくる。

だがその影の槍はブルーティアの障壁に阻まれた。

「!?」

俺とブラットニーは同じタイミングで驚嘆する。

ブラットニーは槍を防がれたこと。

俺は槍によって障壁にヒビが入ったこと。

理由は違ったが同じタイミングで驚き、同じタイミングで我に返る。

刹那――ティアの援護魔術が発動し、炎の弾丸がブラットニーを襲う。

その数、三つ。

ブラットニーは目を見開くが――それを影に変化させた左手で処理してしまう。

だが両手と足元の影を使用し、隙ができた。

ブルーティアを一瞬でショットガンモードに変身させ、ブラットニー目掛けて散弾を発射する。

ショットガンモードは、瞬時に大量の弾丸をばら撒く【銃】の形態の一つだ。

弾丸がブラットニーの胸を、顔を襲おうと放射状に広がっていく。

勝った。

俺はニヤリと笑みを浮かべ、そう確信する。

しかしブラットニーは一筋の汗を流しつつも、足元の影と右手を狼に変化させ、散弾全てを食らい尽くしてしまう。

「嘘だろ……」

一瞬固まってしまう俺に対して、ブラットニーは左手の狼で攻撃を仕掛けてくる。

俺は反射的に後退しながらショットガンを放ち、狼の攻撃をやり過ごす。

「…………」

「…………」

俺とブラットニーは驚愕し合い、お互いに視線を交わしていた。

『まさか……ここまでの実力者だったとは』

「四害王……その名は伊達じゃないようだな」

　ブラットニーは怠惰を感じさせる瞳のまま、ゆっくりと動き出す。

　だがこちらに近づくことなく、俺を中心に円を描くように歩いている。

「アルベル、ト。お前はクリフレッドの邪魔にな、る。だから全力で殺、す」

「!!」

　突如、俺の足元の影がとてつもなく巨大な狼に変わり、大きな口を開く。

　滅殺のブラットニー……なるほど、相手をこうして呑み込んで跡形もなく消し去ってしまうから『滅殺』なのか……！

　これに呑み込まれると生き残ることは不可能だろう。

　俺は飛び上がりながらショットガンを【神剣】の姿に戻し、【フレイムレイン】を相手に向けて放つ。

　ブルーティアの切っ先から、いくつもの紅い閃光が走る。

　ブラットニーはそれを影で呑み込むのかと思っていたが――それら全てを駆けて回避してしまう。

　走りながら両手を槍にし、俺を穿つためにそれを突き伸ばす。

　右手の槍をブルーティアで防いでやると、火花を散らしながら逸れていく。

　左手の槍は……障壁で対応するしかない。

　俺の心臓を狙って伸びる槍は、展開される障壁によって阻まれる。

　だがその威力に、次々とヒビが入っていく。

しかし槍は障壁を突破できずに、勢いで俺の身体を弾き飛ばすだけにとどまった。

ホッとしながら着地する。

と、また足元の影が狼に変わった。

「休む暇なしだな」

『ご主人様は楽な方がお好みですのにね』

「まったくだ。こんな相手とは極力やりあいたくないよ」

後方に跳躍して影を回避する。

しかし影は着地する度にこちらに襲い掛かろうとするので、連続で跳躍しながら避けていく。

「しつこい奴だ……なっ！」

ブルーティアを振るい、漆黒の刃を相手に向かって放つ。

やはりそれもブラットニーの右手から伸びた影に呑み込まれてしまう。

「やはり接近戦じゃないと無理か……」

『そのようでございますね』

「だけど同じやり方をしても結果は同じだ」

今度は前方に飛び、相手に向かう形で影を回避していく。

「だから次は、少し違うアプローチをかけてみようじゃないか」

『料理も同じ物ばかり食べていても飽きてしまいますからね』

「ははは。だったら、とびっきりの物をご馳走して、ビックリさせてやるか」

俺が地面に着地すると同時に――ティアがヒューマンモードに変化する。

ブラットニーは表情を変えることなく、こちらを見据えたままだ。

俺は相手の左から、ティアは右手から襲いかかる。

「【二の太刀・風迅《ふうじん》】」

「!?」

ティアが風のような速度でブラットニーに斬撃を繰り出した。

それは予想以上の速度だったようで、相手は一瞬硬直する。

だが剣状に変化させた右腕で、野性的な反応速度で刀を受け止めた。

「【ウォーターカッター】」

ティアとの距離がさほど離れていないので、ブルーティアの能力を行使することができたりする。

今使用したのは、【水術】だ。

俺が振るう左手から放出される水刃。

ブラットニーは左腕の狼でそれを食らう。

「足元も注意したほうがいいぞ」

【火術】で奴の足元から火柱を立ち上げる。

ブラットニーは地面を蹴り、宙に舞いそれを避けた。

「まだまだ」

「これだけではありません」

（デイジー！）

（は、はい！）

【呼出】で目の前に現れたデイジーは瞬時に【神剣】になり、俺の手に収まる。

ティアは刀でブラットニーに追撃を仕掛け、空中で挟み撃ちにする。

しかしそれも、両腕の影で防いでしまうブラットニー。

キリキリと押し合いを展開しながら、俺たちは視線をぶつけ合う。

「……おま、え、本当に強、い」

「四害王にそんなことを言ってもらえて嬉しいよ。ついでに退《ひ》いてくれたらもっと嬉しいんだけどな」

「それはむ、り。お前はここで潰、す」

「そうかい。なら、お前を倒すしかないみたいだな」

俺の素早い膝蹴りがブラットニーの腹部に刺さる。

初めての直撃。

ブラットニーは胃液を吐き出しギロリとこちらを睨み付ける。

俺とティアはちらりと視線を交わし、互いにニヤリと笑みを浮かべた。

「くっ……」

地面に着地し腹を押さえ、こちらに鋭い視線を向けるブラットニー。

これまでの怠惰な瞳ではなく、少々殺意のこもった目つき。

俺は一撃を入れられたことに高揚し、パープルデイジーで肩をトントン叩きながら奴を見据える。

「【シールドスロー】だ！」

ボランが盾と繋がる光り輝くチェーンを生み出し、それを握り締め盾を放り投げる。

モンスターの頭部を破壊し、盾はボランの手元に戻ってくる。

「アルの勝ちか⁉　ああっ⁉」

「当然だろ！　アニキは強《つえ》えんだからな！」

戦いながらこちらに視線を向けるボランとジオ。

俺は周囲の喧噪を聞きながら、口を開いた。

「そろそろ、やめた方がいいと思うけど？」

「……まだ、負けてな、い」

ブラットニーは腹から手を放し、臨戦態勢を取る。

「親分はすげー……あんなに強いなんて想像以上だ！」

「四害王の一人と対等以上にわたり合うなんて、さすが俺たちの親分だぜ！」

「ああ！　無敵だよ、あの人は！」

モンスターの大群を一方的に押し続けるアルベルトファミリーの皆。

彼らは戦いながらもそんなことを言い合っていた。

彼らの言葉に少し鼻が高くなる思いではあるが、気を付けよう。

天狗になるのだけは大問題。

そして、ブラットニーは嘗めてかかっていいような相手ではない。

しかし。しかしである。

「ふー……」

一度大きく息を吐き、デイジーに人間の姿に戻ってもらい、ブルーティアを再び手に握る。

「お前を嘗めていたわけではないけれど、そろそろ本気を出させてもらう」

「……本、き？」

「ほ、本気ってどういう意味だよ……？」

警戒するブラットニー。

ジオたちはモンスターたちと戦いながらもこちらの方が気になって仕方ない様子。

「このままでも勝てるとは思うけれど……奥の手を使わせてもらうよ」

「奥の、て……」

「ああ」

俺はニヤリと笑い、【呼出】でローズとカトレアに目の前に来てもらう。

「俺は【神剣使い】。そして【神剣】は四本ある」

「そう。我々は本来、一本ずつ使用するために存在しているのではない」

「四人全員がアル様に使われるために存在しているの」

「そ、それも、みんな同時にだよ」

三人の身体がカッと輝き――刀身のみの【神剣】へと変化する。

黒い刀身はローズ。

白い刀身はカトレア。

紫の刀身はデイジー。

それぞれが宝石のように美しい煌めきを放つ。

長さは統一されていて、ブルーティアの刀身と同じサイズ。

あまりの美しさにか、ブラットニーはそれを見てごくりと息を呑む。

『モード、展開』

ティアの言葉と共に、ブラックローズらはブルーティアに集まり、周囲をふわふわ浮かび始める。

まるで、惑星の周りを公転する衛星のように。

すると【神剣】たちから力場が発生する。放出される四つのエネルギーが調律を施すかのように、徐々に一つになっていく。

一つになったエネルギーは相乗効果を生み出しているのだろうか、ブルーティア単体よりも爆発的な力を感じる。

ブルーティアだけではなく、ブラックローズ、ホワイトカトレア、パープルデイジー、全ての神剣の力も上昇していくのが握る右手から伝わってきていた。

「ティアとローズは攻撃を100。デイジーは魔攻力100。カトレアは防御100で頼む」

『かしこまりました』

ブルーティアの剣先をブラットニーに向けると、全ての神剣が同じ方向を向く。

「悪いけど、ここからは一方的にやらせてもらう」

「嘗めていないさ。だからこれを使ったんだ」

「嘗める、な」

「!!」

ブラックローズが光を放ち、真空の閃光を放出する。

咄嗟に左手の影で防ぐブラットニー。

「くっ……」

『愛のフルサポート、いきま～す☆』

ありとあらゆる【補助】を俺に使用するカトレア。

身体に圧倒的な力が注入されていくような感覚。

俺が不敵に笑みをこぼすと、ブラットニーがキッと俺を睨む。

すると俺の足元の影が狼に変わり、俺を呑み込もうとする。

が、

「バ……バカ、な」

『残念～。アル様を守る私の力を打ち破ることなんて不可能だよっ』

ブラットニーは驚愕する。カトレアの障壁によってその牙が粉々に砕け散ってしまったことに。

「……アニキ……アニキやっぱメチャクチャだぜ！　さすが俺たちの大将だ！」

「四害王相手に楽勝じゃねえか！」

「どれだけスゲーんだよ！　親分は！」

たじろぐブラットニー。

大量の汗を流しながら、こちらを見据えている。

「行くぞ」

俺が駆け出すと同時にローズが閃光を放ち、デイジーは【炎】【氷】【土】【風】全ての属性の魔術を放出する。

「う……うう、う」

圧倒的な威力の閃光と魔術が止め処《ど》なく連続で放たれる。

相手は防戦一方。影で必死にそれらに対処していた。

しかしやがてこちらの手数が防御を上回り、直撃を受けていくブラットニー。

俺はこれを勝機と捉え、天高く飛翔する。

ブルーティアを上段に構え、ブラットニーを見下ろす。

するとブルーティアから闇が立ち昇り、ブラックローズからは光が放出される。

パープルデイジーからは炎が上がり、三本の【神剣】がブルーティアの周りで回転を始めた。

回転する三本の【神剣】は、螺旋状にそれらの力を一つにまとめ上げていく。

黒と白と赤の色が混じり合い、灰色の風が巻き起こる。

「終わりだ、ブラットニー」

まるで台風でも起きたかのように、ブルーティアから暴風が吹き荒れる。

「ななな……なんだよあの力は……」

「ふ……吹き飛ばされる……」

ジオたちは俺が放出する力に吹き飛ばされないよう、踏ん張って耐えていた。

モンスターたちは抵抗空しく暴風に弾き飛ばされていく。

ブラットニーは諦めでもついたのか、怠惰な瞳に戻り俺を見上げている。

「これ、が……アルベル、ト」

「【スパイラルストリーム】」

圧縮された螺旋の力でブラットニーに斬りかかろうとした――

だが、奴が刹那に浮かべた悲しそうな瞳を見て、俺はその力を停止する。

「…………」

ふっと風は収まり、剣はブラットニーの眼前で止まる。

「なぜ、だ」

「……さあ。分からないけど、殺さない方がいいと思った」

ブラットニーは尻餅をつき、ボーっと俺に視線を向ける。

なぜだか分からない。

なぜだか分からないが、こいつを殺さない方がいいような気がする。

そう俺の心が囁いている。

直感がそう告げているのだ。

「少々気になることがあるんだけれど……」

「気になるこ、と？」

俺はこくりと頷き、続ける。

「……俺と取引をしないか？」

「取ひ、き？」

「ああ。俺の質問に答えてくれるのなら、お前を生かして帰してやろう」

怪訝そうに俺を見上げるブラットニー。

俺はニコッと悪意のない笑みを向ける。

◇◇◇◇◇◇◇

アルがブラットニーに勝利したという噂はたちまち広がり、ローランドはもちろんのこと、レイナークでも大騒ぎになっていた。

「アルさんは凄い凄いと思っていたけど、まさか四害王に勝ってしまうとは……」

「そんな人が私たちの町にいてくれるなんて、本当に奇跡みたいだわ！」

そしてマーフィンでもその噂で持ちきりとなっていた。

当然、アルの話はゴルゴの耳にも入る。

豪勢な自室で、唖然としているゴルゴ。


まさか、ブラットニーが負けるとは……。

俺の知っているアルベルトじゃない。

最近は力に自信があるような態度を見せてはいたが……。

これほどまでとは思いもしなかった。


「大将」

殺し屋のような目つきの商人がゴルゴにひっそりと話しかける。

「……売り上げが、また下がった？」

コクンと頷く商人。

マーフィンの市場は完全にチェルネス商会の独壇場となっていた。

このままいけば、ガイゼル商店は潰れるまではいかなくとも、縮小の一途を辿ることになるだろう。

そんなの許せるわけがない。

だが現実問題として、そういう未来以外は訪れることはないだろう。

アルベルトを無力化させブラットニーに殺させる計画も、なぜか失敗に終わってしまった。

理由は分からないが自身の平穏が終わるのだけは理解できる。

そう考えたゴルゴは、狂ったような笑い声を上げながら商人に言う。

「……もうどうなってもいい。せめて最後に、チェルネス商会をぶっ壊してこい」

「………………」

商人は何も口にせず、素直に従うように首肯する。

血走った目つきで男を見送るゴルゴ。

この地位を維持できないというのなら全部メチャクチャにしてやる。

そしてゴルゴは命令を下すと同時に、ブラットニーたち魔族のいる『魔界』と呼ばれる場所へ逃げることを決意し、そそくさと身支度を始めるのであった。

第四章

仕事が終わり、夜のマーフィンでザイは心地よい疲労感に笑みを浮かべ、月を見上げていた。

アルさんと一緒なら、月までだって行けそうな気がする。

そんな風に考えて、しかしバカみたいな考えだとふっと笑う。

「？」

その時、路地裏から人の気配を感じ取るザイ。

確実に、誰かいる。

それも普通の人間じゃない……静かな殺意を放つ、この世ならざる者のような気配を感じる。

ザイはローズらの訓練を受け、ある程度の実力を持つ人物だ。

しかし、手練れの冒険者たちと比べると弱い部類に入るぐらい。

多分、自分では勝てない相手。

そう考えたザイは、速足で商店の中へと逃げ込んだ。


路地裏から出て来たのは、頭に銀色のターバンを巻いた男。

短剣を右手に構えながら、無音でザイの店へと近づいていく。

ザイが男に気づけたのは、察知能力に長けていたからだ。

もしもの時のためにと、アルの指示でその能力を伸ばしていた。

真っ暗な路地から明るい商店へと足を踏み入れる男。
だが、そこは商品が大量に並べられているだけで、ザイの姿は見当たらない。
奥から逃げたのであろうか。
男はやはり音を立てずに店の奥へと入って行く。
店の奥は倉庫になっていて、さらに一番左奥に外へと続く扉が備え付けられていた。
扉は半開きになっていて、誰かが出ていった気配がある。
ザイを追いかける男。
だが意外にも、ザイは扉を抜けたすぐそこで立ち止まっていた。
「…………」
無言で睨み合うザイと男。
だがその睨み合いは五秒と続かなかった。
ザイを仕留めるために、男は動き出す。
短剣を腰辺りに構え、プロの動きで接近していく。
だが、
「両親がえらい世話になったな」
「!!」
声を発する女性とサッと距離を置くターバンの男。
声の主はエミリア。
その背後にはデイジーがいる。

「気を付けろ、エミリア。そいつは強いと聞いているぞ」

「…………」

ゴクリと息を呑むザイ。

エミリアは真剣な表情で相手を睨み付ける。

男は短剣を構え、エミリアに突進を仕掛ける。

「俺を他の仲間たちと一緒にしない方がいい。俺は――」

何かを言おうとしていた男。

しかしエミリアはそれよりも迅く、敵の四肢を串刺しにしてしまう。

あまりの速度に反応できない男はその場に崩れ落ちる。

「この、アホが！」

さらに顔面に蹴りを入れ、意識を刈り取るエミリア。

それでもエミリアは怒りが収まらず、何度もげしげしと蹴りを入れる。

ザイはエミリアの圧倒的な実力に驚愕し、ぽかんとその様子を眺めていた。

「この！　この！　この！」

「ま、待て。その辺でいいだろう」

エミリアを止め、男を見下ろすザイ。

「洗いざらい喋ってもらおう……なんてことは言わない。お前がゴルゴの手下だと分かればそれでいい」

男の顔を覆うマスクを剥がす。

そしてザイはその顔を見て、ニヤリと笑う。

「で、どうなんだよ？」

「そうだな……大当たりってところだ」

マスクを剥がされたその素顔は、ゴルゴといつも一緒にいた商人の男であった。

◇◇◇◇◇◇

月明かりだけを頼りに、ソルバーン荒地へと走る馬車が一つ。

何もない草原にはそれが疾走する音だけが鳴り響く。

馬車の中でゴルゴはほくそ笑んでいた。


アルベルト……全部上手くやったつもりだろうが、それはお前の思い違いってもんだ。

俺は魔族の力を借りて、もう一度ナンバー1に返り咲く！

まだ負けたわけじゃねえ……最後に俺が勝つ。

だからこれは、俺の勝利への通過点に過ぎねえんだ。

四害王の一人に勝っていい気になってるんじゃない。

まだ三人も残ってるんだ。

お前は遅かれ早かれ、死ぬ運命にあるんだよ。

笑いが止まらない。

ゴルゴは自分を信じていた。

最後の最後にはアルを屈服させることができると。

勝つのは自分だと。

頂点に立つのは自分だと。

——この瞬間までは。


「⁉」

突如馬車はその勢いを緩め、とうとう停止してしまう。

「……誰だ？」

馬車を遮るように、数人の男がニヤリと笑いながら立ちはだかっている。

「俺らのモットーは一日一善……だけど今日だけはちょっと前の俺らに戻るぜ」

それは、ジオたちだった。

ジオは片頬をくいっと上げ、悪人そのものだった頃の表情に戻る。

「俺たちは……泣く子も黙る、アルベルトファミリーだ！」

「ア……アルベルトぉ⁉」

◇◇◇◇◇◇

「ゴルゴが来たようでございますね」

「ああ。そうみたいだな」

俺はティア、ボランと共に、ゴルゴがやって来るのを夜の草原の中待ち構えていた。

現在ジオたちが馬車を止め、ゴルゴと対峙している。

馬車を操作する御者《ぎょしゃ》とゴルゴを護衛する冒険者が二人。

彼らは慌て戸惑い、ジオたちに視線を向けている。

「お前ら、痛い目に遭いたくなかったらとっとと消えな。そいつかばって俺らとやりあうってのなら別に構わねえけど、オススメはしねえぞ」

「ひっ……」

脱兎《だっと》の如く。

三人の男はレイナークの方角へと走って逃げていく。

ゴルゴはギロッとジオたちを睨むだけで微動だにしていない。

「ゴルゴ」

「アル……ベルトォ！」

しかし俺を見た瞬間、憤怒の表情になり、馬車を飛び出し俺に襲い掛かろうとしてきた。

「おいおい。アニキの前に、俺らが相手してやるよ」

だがジオたちに取り押さえられてしまうゴルゴ。

風に揺れる雑草に顔を埋めながら、ゴルゴは俺を睨み付ける。

「てめえ！　なんでこんなところにいるんだよ！」

「お前はなんでこんなところにいるんだ？」

「…………」

肌寒い風が吹きつける中、俺はゴルゴを見下ろす。

ゴルゴはとにかく俺が憎いらしく、鬼の形相でこちらを睨み付ける。

俺は淡々と、冷静に話を続ける。

「言えない、か。俺はお前がここにいるからここにいる。これから何をしようと考えているのかもお見通しだ」

「……アルベルト……アルベルト!!」

ゴルゴは大暴れし、なんとかジオたちの手から逃れようとしていた。

しかし、そこは実戦を積み重ねてきた戦士たちだ。

少々鍛えている程度の商人の力ではビクともしない。

「サシだ！　サシで勝負しろ！」

「なんで俺がお前程度とサシで勝負しなきゃいけないんだよ」

「くっ……そもそも！　てめえはなんで俺のところに来やがった！　俺は何もしてない！　何もしてねえんだ！」

「何も、ね」

俺は目を細めてゴルゴを見る。

ゴルゴは勝気な瞳で俺を睨む。

「俺が何かやったというのなら、証拠を出せ、証拠を！　もしかして証拠もなしに、感情的に俺をやりに来たってのか!?」

「まさか。感情だけの話をするなら、お前なんてどうでもいいと思っているよ」

「だ、だからそれなら証拠があるのかって聞いてんだよ！」

「証拠ならございます。まずは、魔族である滅殺のブラットニーと共謀し、レイナークとローランドを強襲した件」

ティアは眼鏡を指で上げながら冷酷な声で告げた。

「う……証拠があるってのかよ？」

ゴルゴは怒っているものの動揺する様子はない。

こう見えてまだまだ冷静でいるようだ。

「これに関してはブラットニーから証言を取りましたので」

ギクリとゴルゴの目が点になる。

そして汗をダラダラとかきながらも笑う。

ブラットニーにレイナークとローランドを同時に襲った時の経緯を聞いた。

相手は自分を殺さないと言う俺に唖然としながらも、生きて帰る道を選び、洗いざらい話をした。

こうして無事、ゴルゴと共謀したという裏を取ることができたのだ。

だからこうして、俺たちはゴルゴを捕らえにやってきた。

「魔族の言うことを信じるってのか？　えぇっ!?」

「お前よりかは信用できそうなものだけどな」

「だけどよ……そんなもん、なんの証拠にもなりゃしねえ！　魔族が喋った？　だからなんだってんだ!?」

「……アニキ、こいつぶっ殺してもいいっすか？」

「ぶっ殺すのはあれだけど……お前らの恨みを晴らすのはいいぞ」

「ちょっと待て！　なんの権利があって俺に暴力振るおうってんだ⁉」

「町を燃やし、数人の町の人を殺した。それだけで理由としては十分だろ」

「だから！　それなら証拠を出せって言ってるだろ！」

「証拠……か」

言い訳がましいゴルゴを見ながら、デイジーに【通信】でコンタクトを取り、マーフィンと現在地の空間を繋ぐ。

「……くっ」

エミリアがゴルゴの仲間を引きずりながら草原へと足を踏み入れる。

顔を腫らして気絶している男の顔を見て、ゴルゴは目を見開いていた。

「証拠はこれだけでも十分だろ。ローランドを燃やした連中の仲間……お前の仲間だ」

「そ、そんなもんが証――」

ゴルゴがまた何かを言おうとすると、ジオが奴の顔面に蹴りを放ち、強引に黙らせる。

「証拠もクソもねえんだよ……てめえがやったことは間違いねえ。それだけで俺らには十分だ！　ローランドには理屈も証拠も必要ねえ！」

今にも怒り狂いそうな瞳でゴルゴを睨み付けるアルベルトファミリーの面々。

そしてエミリアの「やれ」という短い合図でゴルゴへの制裁が開始された。

◇◇◇◇◇◇◇

「う……ううう」

ジオたちに何度も殴りつけられ、ゴルゴは地面に這いつくばっている。

何倍も腫れ上がった瞼。鼻の骨は折れ、歯も何本も折れて血を吐き出している。

華美な服も汚くなり、元のゴルゴからは想像できないほどズタボロになっていた。

そんな状態でもゴルゴは俺へと怒りの視線を向けてくる。

「アルベルト……これで勝ったと思うなよ」

「これで負けてないとでも思っているのか？　勝ち負けなんて興味はないけれど、誰がどう見ても俺の勝ちだと思うけど」

「どう考えてもアルの勝ちだろ。負け惜しみなんて見苦しいんだよ」

エミリアは腕を組んで、汚物でも見るかのような目つきでゴルゴを見下ろす。

「でよ！　こいつどうすんだよ！　ああっ⁉」

「どうするかなぁ」

ゴルゴへ暴力を振るうことなくジオたちを見届けていたボランは、唐突にそう言い出した。

もうやるべきことは決まっているのだが、考えるフリをする。

するとゴルゴはさらに目つきを鋭利なものにしながら、言う。

「殺せ……さっさと殺せよ！　それでお前は満足なんだろうが！」

「お前を殺したところで、満足するわけないだろ。人が死んで根本が解決する問題なんてないんだから」

「てめぇの話なんてどうでもいいんだよ！　さっさと殺――」

「――うるせえんだよ、このカスが！」

ドカッとジオの蹴りがゴルゴの顔面を容赦なく捉える。

鼻からドバドバとさらに血が噴き出す。

「アニキの話がどうでもいい？　どうでもいいのはてめぇの戯れ言だ！」

風とジオの叫び声だけが草原を駆け抜ける。

少々寒さを感じるが、デイジーが俺の背中に引っ付いている温かさから相殺《そうさい》されていた。

ゴルゴはペッと血の混じった唾を吐き出しギリギリと歯ぎしりをする。

「だったら……どうするんだよ？」

「…………」

俺が【通信】でローズに声をかけると、彼女はレイナークとこの場所との空間を繋げて、二人の人物を連れてやってくる。

「な……なんで……」

ゴルゴはやってきた人物を見上げ、情けなさを含んだ驚愕の表情を浮かべる。

ここへやってきたのは……フレオ様だった。

エミリアとティアは膝をつき、フレオ様に頭を下げる。

ボランやジオたちは国王が来たからと言って、別段態度は変えない様子。礼儀も教えておいた方がいいかな？

「二人とも、頭を上げてくれ」

フレオ様の言葉に、立ち上がるエミリアとティア。

ゴルゴはハッとしフレオ様に対してひざまずく。

「ゴルゴ・ルノマンド……お前がアルの暗殺を企てたという話は本当なのか？」

「あ、暗殺？　そんな話、真実であるわけがありません！」

「ほう。ではこの男が話しているのは嘘、ということか？」

ローズの後ろにいる男性……ノーマンが、ゴクリと唾を呑み込みながらもゴルゴを睨み付ける。

ノーマンはゴルゴの前に顔を出すのをずっと躊躇っていたが、勇気を振り絞り、この場にやって来てくれた。

彼の勇気に胸を熱くしながら、話の続きを聞く。

「ノ――そいつは、虚言癖《きょげんへき》がある男です！　俺はずいぶんと世話をしてきてやって……そいつの言葉に何度迷惑をかけられたことか！」

ゴルゴはダラダラと汗をかきながら、興奮した声でそうまくし立てる。

フレオ様はふむと短く首を振り、話題を変えた。

「では、レイナークとローランドを襲撃させた首謀者だとも聞いているが……それはどうなのだ？」

「魔族が言っていたことを信じるのですか!?　そんなもの、根も葉もない、俺を貶めるためだけの嘘に決まっている！」

「アル。他に証言者はいないのか？」

「いますよ」

「はっ……？」

ゴルゴは俺の顔を見て、バカ面をキョトンとさせる。

するとカトレアが空間の穴を開き、一人の男性と共に草原へと足を踏み入れた。

その男を見て、ゴルゴの顔色が変わる。

「な……なんでてめえが……」

「ぬひっ……ぬひひひひっ」

驚愕するゴルゴ。

そのゴルゴをいやらしい顔つきで見下ろす男は——シモン。

マーフィンの冒険者ギルドの元ギルドマスターであり、ゴルゴの手下だった男だ。

「言ってました！　間違いなく言ってましたよ！　ローランドを雇った殺し屋たちに襲わせたって！　これでアルベルトもローランドも終わりだって高笑いしてました！　レイナークのことは聞いておりませんが、同じタイミングで再度ローランドを殺し屋たちが襲ったということは、こやつが犯人で間違いないでしょう！」

ゴルゴは口が軽いから、あったことをシモンに自慢話として聞かせていたようで、それをこの場で暴露されているというわけだ。

口は災いの元だゴルゴ。お前の軽口が自身の首を絞めているのだ。

「シ……シモン！　てめえ！」

「ひっ！」

ゴルゴの怒声に一瞬怯えるシモン。

しかしまたとてつもない下品な笑みを浮かべ、唾を飛ばしながらゴルゴに言う。

「バーカバーカ！　俺にはアルさんがついてるから、お前なんて怖くないよーだ！　今まで散々俺をこけにしやがって！　なはははは！　どう？　どんな気分？　自分より格下のぉ、子分みたいな男に裏切られるというのはどんな気分!?　あひゃひゃひゃひゃひゃひゃ！」

「シ……モン！！！！」

血管が本当に切れたのではないかと言うぐらい真っ赤になるゴルゴ。

シモンは怯えながら、俺の後ろに回る。

デイジーが近づいてきたシモンにちょっぴり怯えていた。

「もっと早くにお前を捕まえにきてもよかったのだが、できる限り証拠が欲しかったからな。もうこれ以上は言い逃れができないだろ」

「くっ……！」

地面を叩くゴルゴ。

フレオ様はそんなゴルゴを見下ろしながら、冷たく、しかし熱を込めた言葉を吐き出す。

「レイナークとローランドを襲撃させ、マーフィンでも色々と悪事を働いているという話は聞いている。だけど僕が個人的に一番許せないのは……僕の友人を貶めてきたこと。そして暗殺しようとしたことだ」

「ゆ……友人？」

ゴルゴは青い顔で、俺を見る。

俺はニッコリと笑い、穏やかに言う。

「俺は国王陛下と友好関係を結んでいるのさ」

「…………」

ゴルゴは顔を引きつらせ固まってしまった。

ローズが開いたレイナークとの空間の穴から、ドドドッと兵士たちが雪崩《なだ》れ込んでくる。

兵士たちに捕らえられるゴルゴ。

「放せ……放せ！　俺は……俺は！」

「ゴルゴ・ルノマンド。お前を拘束し、公平な判断の下、処罰を与える」

「はっ！　一生臭い飯でも食ってろ」

エミリアが鼻で笑いながら、いつもより攻撃的にゴルゴにそう言い放つ。

彼女とは子供の頃からずっと一緒だった。

だからこいつに店を奪われたことも追い出されたことも当然のように知っている。

それに彼女の両親の件もこいつの仕業だ。

なので怒って当然であろう。

今もずっと殺人的な視線をゴルゴに向け続けている。

「アルベルト……利害を一致させよう。俺がいたら、お前の町はもっとデカくなる！　なっ！　俺を助けろ！　そうしたら俺が――」

「お前は自分の利害しか考えていない男だ。利害を一致させるというのは、お互いに利益が出るよう、歩み寄ることだ。自分さえよければいいなんて考えの奴と一致することなんて、永遠にあり得ない。諦めろ」

「そ、そんなこと言うなよ！」

「お前は自分という『点』を大きくしようと躍起《やっき》になっていたが、結果はこれだ。俺は人との繋がり、人の『輪』を大きくすることをこれまで心掛けてきた。周りを見てみろ。俺と同じ夢を見て、俺と共に歩んでくれる仲間たちがこれだけいる」

エミリア、ティア、そしてフレオ様の顔を見て、ゴルゴは言葉を失う。

「点を大きくするのは限界があるが、輪はどこまでも大きくなっていく。これがお前と俺との生き方の差だ。俺は大きな輪を作り、お前は小さな自分のまま。火を見るよりも明らかだろう。俺の勝ちだ、ゴルゴ」

ゴルゴは口から血泡を噴き出し、とうとう頭の血管からも血が噴き出していた。

「俺が……俺が！　ガイゼル商店を大きくしたんだ！　てめえの父親はそこそこの店にしかできなかった！　分かるか⁉　店を大きくしたのは俺の力だ！　マーフィンの頂点に立ったのは俺だ！　そして……人間の頂点にだって立つはずだったんだ！」

息を荒くし、目を血走らせながらゴルゴは怒り喚く。

「こんな終わり方……認められるものか！」

「ゴルゴ」

「なんだ！」

「悪く思うなよ。お前より俺の方が一枚上手だった。それだけのことだ」

以前、ゴルゴから言われたセリフをそっくりそのまま返してやった。

そのセリフを聞いた瞬間、ゴルゴは発狂する勢いで大暴れする。

「アルベルト！　アルベルトォ！　アルベルトぉおおおおおおお!!」

ゴルゴは俺の名前を叫び、兵士たちの手から逃れて俺に襲いかかろうとする。

煮えたぎる感情を露わにし、血走った目つきで拳を振り上げ――

「往生際《おうじょうぎわ》が悪いんだよ、このド外道がぁ！」

エミリアの前蹴りを食らう。

彼女の常人離れした筋力。

その全力の前蹴りを腹部に食らい、一瞬で白目を剥き出しにするゴルゴ。

そのまま空間の歪みを通り抜け、レイナークまで体を弓なりに曲げて吹き飛んでいく。

兵士たちはゴルゴを追いかけて穴をくぐり、それを確認したローズはさっさと空間を閉じる。

やれやれ、と俺とフレオ様は嘆息する。

「フレオ様。わざわざ足を運んでもらって申し訳ありませんでした」

「いや。悪人を裁くのは当然のことだ。それに、友人の頼みは断れないだろ？」

「ははは。じゃあ俺も友人の頼みは断れませんね」

「これからも期待しているよ、アル」

少し意地悪な笑みを浮かべながらフレオ様は愉快そうに言う。

「………………」

夜空を見上げて、今は亡き父のことを想う。

長かったゴルゴとの因縁もこれで終わりだ。

父さんの店がどうなるかは分からないけれど、全部借りは返しておいた。

俺は父さんの形見である赤いスカーフを握り締め、穏やかな気持ちで、仲間たちに笑顔を向ける。

「帰ろうか。俺たちの町に」

エピローグ

「アルベルト様ぁ〜！」

ゴルゴの件が片付き、夜の自室での出来事。

俺と一瞬だけの二人きりの時間を狙ってローズが抱きついてくる。

「毎日毎日アルベルト様のために私頑張ってるんですよぉ！　もうアルベルト様のことだけを考えて頑張ってるんですから、褒めて褒めて褒めて褒めてくださ〜い！」

ローズは二人の時だけ俺に甘えてくる。

子供みたいな表情に子供みたいな態度。

普段の厳しい彼女からは想像できない、甘えっ子モード全開だ。

他の誰かがいる時は、間違ってもこんな態度はしないのだけれど……。

まぁ困るようなことじゃないし、こんな彼女も可愛いと思うし、俺はローズを肯定するように、優しく頭を撫でてやる。

「ローズは偉いなぁ。いつも頑張ってくれてるし、今回だってフレオ様を連れてきてくれた。いつも助かってるよ、ありがとう」

「アルベルト様アルベルト様アルベルト様ぁ！　大好きです！　うふふふふっもっともっと頭撫でてくださ〜い！」

尻尾をギュンギュン動かしながらローズはこれでもかと甘えていた。

しかし。

「アル。みんな集まってるぞ」

「ああ。じゃあ降りようか」

エミリアが遠慮などする様子もなく、俺の部屋に入ってくる。

ローズは残像でも残すような勢いで俺から離れ、姿勢よく横に立つ。

「……ローズ、お前アルと何かやってたのか？」

「いえ、何も……どうしてだ？」

「……勘、だよ」

平然としているローズを見て、エミリアは何かを感じ取ったらしく、怪訝そうに彼女に視線を向ける。

だがローズは動じることなく、しゃんとその場に位置するだけであった。

「……まぁいいや。とにかく行こう」

「ああ……あ、そう言えばあの話聞いたか？」

「何をさ？」

「ゴルゴの奴、半身不随《はんしんふずい》になったらしいぞ」

ゴルゴはエミリアの蹴りを受けた時に下半身が全く動かなくなってしまったようだ。

自業自得とはいえ、まさかそんな結果になってしまうとは……俺はエミリアの脚力を思い出し、背中に寒気《さむけ》を覚えていた。

絶対にエミリアを怒らせてはいけない。

ジオたちもゴルゴの話を聞いてそれを再確認したらしく、ギルド全体を揺らすほどに震えていた。

「あっそ」

と、彼女は当然だとでも言わんばかりに、それを聞いて鼻で笑った。

それだけ？　とも思うが、親は人質に取られるし俺とのこともあったからまぁその程度かとも納得する。

俺は苦笑いしながらエミリアと共に階下へと降りていく。

もう店じまいをしたギルドには、職員が誰もいなくなっている。

しかし横の酒場にはペトラにジオらアルベルトファミリー、ボランとロイ、それにザイとノーマンがそこにはいた。

ついで……というか、この人のことはついでなんて言ってはいけないけれど、なぜかフレオ様もそこにいる。

「フレオ様……どうしてここに？」

「いや。君が皆に変わった食事を振る舞っていると聞いてね。僕も食べたくなったんだよ」

少年のような笑みをこちらに向けるフレオ様。

まぁ、断る理由もないし、それにいつもこの人には何かと力を借りている。

だから恩返しでもないけれど、礼のつもりで食事を振る舞うことにした。

俺の後ろに立っている【神剣】たちとエミリア。

彼女たちにも席に着くように促す。

もう下準備は済ませていたので、厨房でサッと調理をし、皆に料理が載った皿を渡した。

「アルの飯は美味いからな！　だけど……今回のもなんだこれは！　ああっ!?　見たこともねえぞ！」

「変わった物とは聞いていたが……これは本当に、なんなんだい？」

ボランもフレオ様もそれを見て仰天しながら俺にそう聞いてくる。

「それは、焼き餃子《ぎょうざ》ですよ」

「焼き餃子？」

肉や野菜を皮で包み、黄金色に焼き目を付けた焼き餃子。

異世界の中国という国が発祥の料理らしいが、いつしかそれは日本という国にも伝わり発展し、庶民的なものになっているようだ。

ティアは焼き餃子を凝視しながら、耳をピクピク動かしている。

俺は粒の立った真っ白なご飯をティアの前に置く。

「ご飯が食べたい人は言ってくれ。これはご飯とよく合う食べ物らしいんだ」

その場にいた皆が、無遠慮に手を挙げる。

俺は苦笑いし、皆の分のご飯をよそって出した。

そして皆、一度ゴクリと息を呑み、パクッと餃子を口に含む。

もぐもぐと口を動かし、よく味わって――

「うめえ！　これメチャクチャうめえじゃねえか、コラッ！」

「アニキ！　本当に美味いっす！　こんな美味いもん食うの、この間のもつ鍋以来っすよ！」

ボランたちは感激の面持ちで餃子とご飯を次々に口へ運んでいく。

「ジュワッと溢れる肉汁。うま味たっぷりの新鮮キャベツにニラ。それを包み込む優しい皮……全部が完璧にマッチしており、酢醤油にこれをくぐらせた時の圧倒的美味さ……これはあまりに美味しすぎて、四害王さえも屈服してしまう、脅威の料理……まさに、SSクラス料理だにゃ！」

その場にいる誰よりも素早い速度で餃子を食べるティア。

「美味いにゃ！　美味いにゃ！　美味《びみ》過ぎるにゃ～!!」

口の周りの汚れなど気にすることなく、ティアは餃子をバクバク食べる。

清楚で優しいティアのもう一つの顔。

普段の物静かな彼女からは信じられないような激しい動作。

そして猫のような言葉使い。

それを始めて見たデイジーはプルプル震えながら見つめている。

「ティアお姉ちゃん……？」

「あはは。私たちもあれはビックリしたよね～」

「……確かにな」

俺としてはこんなに我を忘れて食べるティアを見れて嬉しいけれど。

「水餃子というものもあるから、欲しい人は遠慮なく言ってくれ」

すると全員がさも当然のように手を挙げる。

俺はまた苦笑しながら、皆に水餃子を作ってあげることにした。

いや、こんなに喜んでくれるのなら、嬉しい限りだけどね。

俺は心を躍らせながら、皆に料理を提供し続けた。

「アルさん、とうとうガイゼル商店が戻ってきますね」

食事が終わり、皆で他愛もない会話をしていると、ペトラが天真爛漫な笑顔で俺にそう言ってきた。

「ああ。ゴルゴもいなくなったし、フレオ様も動いてくれたみたいだしね」

ゴルゴがいなくなったことにより、店主のいなくなったガイゼル商店。

本来なら残っている者たちで跡取りを決めるところなのだろうけど、元々が俺の親父の店だったということもあり、フレオ様が口を挟んでくれて元の持ち主の下へ。ということで俺があの店を引き継ぐこととなった。

本当に、フレオ様には色々と世話になっているなぁ。

また何か恩を返さないと。

「それで……」

ペトラは少しだけ不安そうな顔をして遠慮気味に口を開く。

「アルさん、マーフィンに帰っちゃうんです、か？」

「………」

なるほど。

俺がいなくなることによって、自分の商売がどうなるのか心配しているのだな。

ペトラはもう一人でもやっていけそうなぐらい立派になったと思うけど……。

「心配しなくても、俺はローランドに残るつもりだよ」

「なんだ。せっかく取り戻したのに、ここに残るつもりかい？」

「お力添えいただいたフレオ様に申し訳ないのですが、今はこちらの方が大事なので……」

「いや、僕のことは別にいいのだけれど……そうか。お父上の店よりも、こちらの方がすでに大事なんだね」

「ええ。もちろん、思い出も思い入れもありますけど……自分の感情だけで物事を決めていい立場にないので」

「アルはもう、ローランドにいなくてはならない存在だからな！　いてもらわねぇと困るぞコラッ！」

ボランの言葉に、ジオたちがうんうん頷いている。

ペトラはホッとした様子を見せるが、何か疑問に思ったらしく、口を開く。

「じゃあ……ガイゼル商店はどうするんですか？」

「ああ。あの店は……」

俺は近くにいたノーマンの肩を叩く。

「ノーマンに任せようと思う」

「え……ええええっ!?」

跳び上がる勢いで驚くノーマン。

それを聞いたペトラは感嘆の声を上げる。

「ノーマンさんなら、絶対に大丈夫ですね！」

「えええ!?　お、俺には無理ですよ……」

「そんなことないよ。ノーマンは真面目に仕事をするし、それに人の痛みというものをよく知っているからな。部下を大切に扱う、いい店主になるよ」

あわあわ戸惑いっぱなしのノーマン。

ザイが彼の隣に立ち、淡々とした声で言う。

「近くに俺がいる。困ったことがあればいつでもフォローする。だから、とりあえずはやってみろ。俺だって最初は不安がなかったわけではない。それでもアルさんが信じてくれたからな。だから俺はマーフィンで成功することができた」

「ザ、ザイさん……」

「俺はノーマンのことも信じている。きっとノーマンなら、上手く切り盛りできるはずだ」

ノーマンは信じられないと言ったような顔で俺を見るが、いつの間にか真剣な面持ちとなり、口を開く。

「……ア、アルさんがそう言ってくれるなら……頑張ってみます」

「うん。期待しているよ」

ザイがノーマンの肩に手を当て、ニヤリと笑う。

ノーマンは苦笑いでそれに応える。

この真面目な二人に任せておけば、マーフィンのことは大丈夫だろう。

「しかしアルの組織はドンドンと大きくなっていくのだな」

フレオ様はノーマンとのやりとりを見ていて、羨ましいような、それでいて微笑ましそうな表情を浮かべ俺にそう言う。

「俺の組織が大きくなれば、それだけフレオ様のお役にも立てるというものです。これからも期待しておいてください」

「ああ。期待しているよ。そしてこれからも僕の良き友人でいてくれ」

「ええ。そのつもりですよ」

「友人を止めたら、レイナークを奪われてしまうような気がするしね」

「……俺がそんな人間に見えますか？」

ククク ッと笑うフレオ様。

「いいや。見えないな。冗談だよ、冗談」

俺という『点』は少しずつ皆と繋がっていき『線』となり、今はこうして王様さえも巻き込んで『輪』となった。

それはこれからも大きくなり続け、皆に幸せをもたらすものになるだろう。

願わくば、それが未来永劫、子孫たちにも繋がっていってほしい。

俺はここにいる皆が楽しそうに笑っている姿を見て、自然と笑みをこぼす。

憎しみと絶望では繋がらない、喜びと希望の輪の中で。

あとがき

まずこの本を取ってくれた皆様方、ありがとうございます。

そして編集のIさん。いつもありがとうございます。

いつも痒い所に手が届くと言ったように、自分の足りない部分を補ってくれる存在で、本当に感謝しています。

今回も素晴らしいイラストを描いていただいたふらすこさん。毎度ありがとうございます。


さて、沢山の方に前作一巻を買っていただいたおかげで、二巻もこうして出版させてもらうことになりました。

自分の力だけではどうしようもないことですが、購入してくれた方、そして出版に携わってくれた方々のおかげで無事皆様のお手元に届けることができました。

本当に感謝しかありません。


今回は前回よりもパワーアップした【神剣】を提供できたらいいなと思い、さらなる進化を意識して書きました。

その結果がタンクモードと全ての【神剣】を使用するという形になりましたが……どうだったでしょうか？

【神剣】の新たな力に関しては戦車のモードなどは考えていたのですが、最後の技は初期段階では、四本の【神剣】からレーザービームが出るというものでした。

でもこれはちょっと違うかな……と思い、考えついたのが今回の四本同時に使用するというモードです。

三本浮いているし、竜巻みたいなの起こせそう……それでできたのが今回の技でございました。

とまぁ、製作秘話というほどいい物ではありませんが今回の新たな戦闘モードはこうして生まれました。

新キャラはデイジーとブラットニーとフレオが登場しました。

ヒロインも気づけば六人になってしまいました。

初案では三人だったはずなのに、倍の六人です。

こんなことってあるんですね。

自分で書いておいて不思議で仕方ありません。

最後になりますが、ネットで投稿した物から四～五万文字ほど加筆しました今作、楽しんでいただけたなら嬉しく思います。

それでは、この作品に関わってくれた全ての人に感謝します。

本当にありがとうございました！

BKブックス

世界で唯一の【神剣使い】なのに戦力外と
呼ばれた俺、覚醒した【神剣】と最強になる 2

2021年7月20日　初版第一刷発行

著　者　大田《おおた》 明《あきら》

イラストレーター　ふらすこ

発行人　今 晴美

発行所　株式会社ぶんか社
〒102-8405　東京都千代田区一番町29-6
TEL 03-3222-5150（編集部）
TEL 03-3222-5115（出版営業部）
www.bunkasha.co.jp

装　丁　AFTERGLOW

編　集　株式会社 パルプライド

印刷所　大日本印刷株式会社

ISBN978-4-8211-4597-3